引退した
Sランク冒険者は
辺境でダンジョン飯を
作ることにした
～カフェ・ダガール、本日開店～
長野文三郎
illust. 柴乃櫂人

ジン・アイバ
Sランク冒険者チームの一員で、国一番の剣士。

冒険者を引退して祖父が遺した「カフェ・ダガール」を継ぐことに。実は元日本人で、最近夢に見る前世の食べ物をダガールで再現したくてたまらない。

「作り方はぼんやりとしか覚えていない。

でもな、俺の魂が囁くんだ」

「私を聖女と呼ぶな！

絶対になりたくないんだから」

シュナ・パイエッタ
聖女見習いだが規格外の力を持ち、次代聖女としての呼び声が高い。

高難度の技を使いこなすが、料理のステータスだけマイナス24。

ときに恐ろしいものを作り上げる。

ディラン
ジンが冒険者を辞めたあと、自身も引退して交易商人になり、ジンのカフェを訪れる。

「冷静になって考えろ。

お前に料理なんてできるのか？」

ドガ
レストラン「ゴージャスモンモランシー」のオーナーシェフ。ジンとシュナによる規格外の材料＆調理法に一目置く。プライドが高いが、素直で憎めないいいやつ。

「うぐぐ……、私には作れそうもない。

この店のレシピは非常識だ……」

「なるほど、こうやって作るのか」

ナイフは小気味よいビートを刻み、スライムはどんどん細かくなっていく。細かくなったスライムが丸みを帯びてきたぞ。それにともなって、青かったスライムが黒く変色してきた。見た目は前世の記憶の中のタピオカと同じだ。

タタタタタタタタタタタタタタタンッ!

タタタタタタタタタタタタタタタンッ!

タタタタタタタタタタタタタタタンッ!

引退したSランク冒険者は辺境でダンジョン飯を作ることにした
～カフェ・ダガール、本日開店～

長野文三郎

illust. 柴乃櫂人

目次

第一話　Sランク冒険者、引退を決意する

　ことさらに強さを求めたわけじゃなかった、ただ生き延びたかっただけだ。大きな夢があったわけでもない、ただ生活のためだった。

　だが俺には才能があったようだ。十五の歳から魔物が蠢《うごめ》く地下迷宮に潜り、気がつけばリングイア王国でいちばんと評判のSランクチームのメンバーになっていた。国いちばんの剣士とまで呼ばれるようになり『無影《むえい》のジン』なんて二つ名までちょうだいした。

　金に困ることはなくなり、かわいい彼女と暮らせるようにもなった。バジリスク、サイクロプス、ドラゴン、迷宮の奥地に出現するボスと呼ばれる魔物たちですら、俺は次々と撃破した。

　たぶん、才能がありすぎたのだろう。いつの頃からか、俺の強さは化け物じみてきていた。


　王都の迷宮・地下七十六層。

　Sランク冒険者チーム・キングダムはここのボスである三つ叉のドラゴンと戦っていた。黄金に輝く巨体、挑むものを圧倒する翼、長く伸びた三本の首には三つの頭がついており、それぞれ火炎魔法、氷冷魔法、回復魔法を使っている。まさにボスらしいボスであった。

「さすがに強えな、あのキングギドラは！」

俺の言葉を親友のディランが打ち消す。

「アイツの名前はグランツォだ。キングギドラじゃねえ」

「おう、そうだったな……」

うっすらだが、俺には前世の記憶がある。ここはまったく違う世界の日本という国にいた頃の記憶だ。

だが今はそんなことを気にしている場合ではない。俺はこいつを倒して財宝を手に入れ、愛しいエスメラの元へ帰らなければならない。少し戦いに集中しよう。

キングギド……グランツォの攻撃にガード役の重戦士が弾き飛ばされた。魔法で身体強化し、二トンの攻撃にも耐えられるにもかかわらずだ。たまらずディランが叫ぶ。

「ジン、まだか？」

「そろそろだ……」

俺は目をつぶって気と魔力を練り上げ攻撃に備える。こいつを倒すには俺の必殺技である無影斬《ざん》を使うしかない。だがその発動には少々時間がかかる。しっかりと準備をしなければ俺の体がバラバラになりかねない大技なのだ。

体の中に気と魔力が充実し、すべての準備が整った。目を見開けば視野が広くなっていて、どこもかしこもクリアだ。頭の中では戦場が俯瞰《ふかん》図のように見え、敵と味方の位置関係が手に取るように把握できている。

よし、この状態ならいけるだろう。愛剣の柄に手をかけるとディランが叫んだ。

「ジンの用意ができた、みんな退《ひ》け！」

グランツォを囲んでいた仲間たちがパッと離れるのと入れ替わりに、俺は前に進み出た。三つの頭を持つドラゴンの殺意が凶器のように襲い掛かるが、俺の心は平らかだ。明鏡止水、迷いは一切ない。

踏み込むと同時に抜刀《ばっとう》し、敵を斬って、剣を鞘に戻す。俺の技は至極単純で、それだけのことでしかない。だが速すぎるがゆえに、一連の動きを目で追える人間はいない。

相手が魔物であってもそれができるのはごく少数だろう。目で追えたとしても避《よ》けられる奴にはこれまであったことがない。そこで付いたあだ名が無影のジンである。残影すらなく相手を斬ることに由来している。

俺の愛剣ヒュードルが鞘に戻って数秒、ドラゴンの頭はそろって地面に落ちた。迷宮の床に重い地響きがこだまする。キングギドラは立ったまま絶命していた。あ、グランツォか……。

「さすがはジンだぜ！　よくやった！」

ディランが駆け寄って俺の肩を叩いた。他のメンバーも褒《ほ》めてくれたが、どこかよそよそしい。きっと、俺のことが怖いのだろう。それは俺自身が感じている恐怖でもある。

俺には才能がありすぎたのだ。戦いの日々の中で自分がますます化け物になっている自覚はある。そして、同じ恐怖を恋人のエスメラも感じていたのだろう。

七十六層の探索から帰ってくると恋人のエスメラが家から消えていた。ダイニングテーブルの上に残された短い手紙が、楽しかった蜜月の終わりを告げていた。

好きな人ができました。普通の人です。

なんとなくそんな予感はしていたのだ。エスメラとは一年近く一緒に過ごしてきたけど、最近は少しだけ避《さ》けられているように感じていたから。

ただ、他の男の影には気づかなかった。職業柄、俺は長く家を空ける。だがオフのときは朝から晩までエスメラと一緒にいたのだ。

我ながら鈍いものだと笑えてさえくる。俺を捨てた理由もエスメラははっきりと書いていた。

ジンのことがずっと怖かったの、ごめんなさい。

暴力はおろか、声を荒らげたことすらなかったが、それでもエスメラは俺が怖かったのだ。

たぶん、俺は強くなりすぎてしまったのだろう。人の領域に留まれないほどに。

そりゃあそうだ、国中の冒険者が手を焼くドラゴンを一太刀で斬り殺す男なんて恐ろしい存在に決まっている。

エスメラは身の回りの品だけを持って出ていったようだ。金庫の中にはまとまった金があったけど、それは手つかずのまま残っていた。

「………………」

崩れ落ちるようにソファーに座り、気をつけて周囲を見回してみる。部屋の中はきれいに掃除してあり、塵《ちり》なんて一つも落ちていない。どこもかしこも磨き上げられてピカピカに光っているほどだ。エスメラが自分の痕跡をすべて消し去っていったかのようである。

たまたま一緒に来ていたディランが腑抜けた俺に声をかけてきた。

「どうする、エスメラを探すか？」

俺は力なく首を振った。探し出してどうなる？　彼女は出ていったのだ、その事実は変えられない。

すべてがどうでもよくなってきた。次はガルーダ（巨大な怪鳥）を討伐するなんてリーダーは言っていた。成功すれば三年は遊んで暮らせる金が手に入るそうだ。だけど、それになんの意味がある？　虚しく酒におぼれる未来しか俺には見えない。

「冒険者をやめようかな……」

吐き出すようにつぶやくと、ディランは呆れ顔になっていた。

「いや、お前はＳランクチームの、これまたエースアタッカーだぞ。天職じゃねえか」

「まあなあ……。自分で言うのもなんだけど天才だと思う。努力もしたしな」

「だろう？　これまでのキャリアを棒に振らなくてもいいじゃねえか」

「だけどさあ、メンタル的に限界なんだよ。これ以上続けたら、俺さあ……人間じゃなくなっちまう気がするんだ……」

　これは漠然とした予測だけど、俺はまだ強くなれる気がするのだ。そうなったとき、俺は人であり続けることができるのだろうか？

　今はこうして一緒にいてくれるディランだって、俺から離れていってしまうかもしれない。

　俺は姿見の前に立った。鏡の中では身長一八四センチもある黒髪の大男がしょんぼりと肩を落としている。

　情けないもんだ。エスメラは俺を虎みたいな男だと言ったものだが、虎とはこんなに哀れな姿をしているのか？

　もうこれ以上、冒険者を続ける自信なんてなかった。

「だけどよお、冒険者をやめてどうするんだ？　ジン、戦う以外にお前になにができる？」

　突如、心の中に風が吹いた。それはダガールの熱く乾いた風だった。ゴーダ砂漠のほとりにある小さな村、ダガールが俺の故郷だ。無性に懐かしくなって、気がついたら涙が出ていた。

「帰る……」

「帰るって、ジンの家はここだろうが」

「いや、ダガールへ帰る」

「ダガールって、ジンの故郷か？　だけど家族はもういなかったよな？」

両親は元々いない。俺を育ててくれたじいさんとばあさんも死んでしまった。だが、家はそのままになっているはずだ。

「じいさんがやっていたカフェがあるんだ。そこを再開しようかと思うんだ」

「ジンがカフェねえ……」

ディランは信じられないといった顔をしていたけど、じつは前から考えていたことでもあった。

三十歳になったら冒険者を引退して、カフェをやろうと計画していたのだ。エスメラも賛成してくれたけど、彼女は残りの三年を待てなかったようだ……。

実を言うと、カフェの経営は俺の前世からの夢でもある。俺は日本で脱サラしてカフェを始めようとしていたけど、そうなる前にトラックに轢《ひ》かれて死んでしまったのだ。そんな記憶が残っているなんて、よほど未練を残していたのかな？

「ジン、冷静になって考えろ。お前に料理なんてできるのか？」

「ほとんどできない。だけど、今は自分でも不思議なくらいドライカレーが作りたいんだ」

「ドライカレー？　なんだ、そりゃ？」

「スパイスを利かせたキーマカレー、それにはひき肉がたっぷりと入っている。そいつをバターライスの上に盛り、その上に目玉焼きをそえるんだ」

「よくわからんが美味《うま》そうだな……」

「作り方はぼんやりとしか覚えていない。でもな、俺の魂が囁《ささや》くんだ」

「魂？」

「ジン、ドライカレーを作れ、ってな」

「お、おう……。大丈夫か？」

「安心してください、正気ですよ」

「なんで、丁寧語？　だが、引退というのも悪くないかもな……」

ディランは戸惑いながらも俺を応援してくれた。

「わかった、ジンがそう決めたのなら俺は止めないよ。リーダーやメンバーたちにも口添えする」

「すまねえな」

「そりゃあジンが抜けるのは痛いが、俺たちも冒険者だ。そのへんは弁《わきま》えているさ」

冒険者チームのメンバーは常に入れ替わっている。いなくなった奴が戻ってきたり、戻ってきた奴がまた抜けていったり。まるで、どこぞのロックバンドのようである。うん、日本人のときの記憶がまた強くなったな……。

「いつか必ずお前のカフェに行くよ」

「おう、ぜひ来てくれ。美味いものをたらふく食わせてやるからさ」

「で、店の名前はなんだ？」

俺の脳裏に懐かしい店の姿がよみがえった。晴れ渡る青空の下、まばらに生える草木、巻き上がる砂塵、その店の先は不毛の大地だ。白熱の光に照らされて、どこまでも続く砂丘が折り重なっている。

黄色いペンキがはげかけたその店は大陸行路の街道沿いに建っていた。看板の文字は俺がガキの頃でさえ薄くなっていたな。今となっては、もうかすれて読めないかもしれない。だけど、そこにはこう書いてあったはずだ。

『カフェ・ダガール』

帰ろう、あの場所へ。決心が固まると、居ても立ってもいられなくなるほどに旅立ちが待ち遠しくなった。

＊＊＊

魔剣ヒュードルは俺の愛刀だ。こいつは風竜《ふうりゅう》グラスウィンドを倒したときに、その体内から出てきた。全長が一〇〇センチほどの片刃剣である。切れ味は言うに及ばず、耐久性も素晴らしい。

だが、こいつのいちばんの特性は、スケートボードのように所有者を乗せて飛行できることにある。最高速度はおよそ時速一二〇キロで、五〇メートルくらいの高さまで上昇することもできる。高い場所からの滑空も可能だ。

道がなくても平気で入っていけるから、目的地までほぼ直線で行けるところも気に入っている。

今回の帰郷でも俺はヒュードルを使った。そのおかげで一日に七時間ほど、距離にして六〇〇キロメートルくらいを移動している。駅馬車では考えられないスピードだ。

とはいえ、飛ぶためには大量の魔力を注ぎ込んでやる必要がある。スピードや移動高度で変わってくるが、並の魔法使いでは三十分で枯渇するほどの魔力が必要になるのだ。ふた昔前のアメ車くらい燃費は悪い。

もっとも、俺が保有する魔力は多いので困った経験はない。雨に降られることもなかったので、今回の旅も快適だった。

南下するにしたがって日差しは強くなり、空気が乾いてきた。旅も四日目に入り、風景は懐かしい故郷のものになっている。じっくりとノスタルジーに浸るため、ヒュードルの速度を落として街道に沿ってのんびりと飛んだ。

ここは大陸行路の主要街道で、交易の商隊がラクダに乗って砂漠を越えようとしていた。まだ行ったことはないが、砂漠の向こうにはレッドムーンという国があるのだ。

商人たちはヒュードルに乗った俺を見てぎょっとしていたが、こちらに害意がないことがわかると手を振り返してくれた。

ダガールが近づいてきた。十二年ぶりの故郷に胸がドキドキしている。実家は村からだいぶ離れたところに建っているので、先に村へ寄っていくとしよう。

建物の鍵はじいさんの幼馴染《おさななじみ》であるポビックさんが預かってくれているのだ。ヒュードルの速度をさらに落とし、ゆるゆると俺はダガールに近づいていく。

目にする光景は記憶にあるものばかりだ。痩せた土地に作られた豆やトウモロコシの畑、砂岩でできた小さな家々。まるで時が止まっているかのような錯覚を覚えるほどこのあたりは変わっていない。どこもかしこも見覚えがある風景ばかりだ。

あそこは遊び友だちのルガーの家だ。俺たちは家の手伝いをさぼってよく一緒に遊んでいたものだ。あとで叱られるのはわかっていても、やめられなかった。ルガーは村を出て、どこかの街で大工をやっているそうだ。

お、あっちはマチルダ姉ちゃんの家だったな。優しいお姉ちゃんで、誰にでも親切だったのを覚えている。

すごい美人というわけじゃなかったけど、優しくて、愛嬌があって、おっぱいが大きくて、村の男の子でマチルダ姉ちゃんに胸を焦がさなかった奴は一人もいなかったと思う。お、あれはたしか……。

次から次へと溢れる想い出を噛みしめながら、通りを左へ曲がった。俺の記憶がたしかならば、あの店はすぐ正面にあるはずだ。

ヒュードルから降りて刀身を鞘に納めた。正面に控える青い商店には『ヘロッズ食料品店』の看板が掲げられている。ここが、俺のじいさんの幼馴染であるポビックじいさんが経営する店だ。軽い木の扉を押し開けて薄暗い店内に入った。

「いらっしゃい」

しわがれた小さな声が俺を出迎えた。白く薄くなったポビックじいさんの頭髪に時の流れを感じる。しわも少し深くなっていたが、商品の砂を払う姿はまだまだ元気そうだった。

「ポビックじいさん」

名前を呼ばれて、じいさんはまじまじと俺の顔を見つめた。だけど、まだ思い出せないようだ。

「あんたは……」

「俺だ、ジンだよ。ロットンの孫のジン！」

名乗るとポビックじいさんの顔に驚きの表情が表れた。

「こりゃあ驚いた！　あの悪タレが帰ってきおったか！」

「じいさん、しばらくだったなあ！」

「よく帰ってきたな、ジン。嬉しいぞ！」

俺たちは肩を叩き合って再会を喜んだ。

ポビックじいさんと連れ立って実家まで歩いてきた。俺の記憶より、店はさらに少し古びていた。

砂漠の風にさらされて極限まで乾いた二階建ての小さな店、ほとんどはげている黄色のペンキ、店の前のひさしが作る濃い陰影まで、すべてが年を取って見えた。

「たまに窓をあけて風は入れているんだがなあ」

「すまねえな、じいさん。いろいろと世話をかけちまって」

「ずいぶんと殊勝《しゅしょう》なことを言うようになったじゃねえか。ジンも少しは成長したか？　ガハハハハハ」

無影のジンも、ポビックじいさんにとってはただのクソガキなのだろう。俺にはそれが心地いい。

「おめえ、どうするんだ？　都で冒険者をやっていると聞いたが、ここに住むつもりか？」

「ああ、冒険者は引退だ。俺はここでカフェを再開するつもりだよ」

ポビックじいさんは腕を組んで深くうなずいた。

「それがいい。冒険者なんぞは長く続けられる商売じゃない」

「まあな。どんな人間だって一生戦い続けることは不可能だ……」

じいさんは俺の背中をバシッと叩いた。

「ここでカフェをやるってんなら、ヘロッズ食料品店の出番だな。協力するからなんでも言ってくれ」

「頼りにしているぜ」

ポビックじいさんは鍵と一緒に一通の封筒を差し出してきた。

「ロットンが死ぬ前に書いたものだ。もしジンがダガールへ帰ってくるのなら渡してほしいと頼まれた」

物理的に不可能だったので、俺は祖父母の葬式に出ていない。祖父母の死を手紙で知ったのはずっと後になってからのことだったからだ。

「じいちゃんの最期はどんなだった？」

「メランダさんを亡くして気落ちしていたよ。後を追うように死んだのは二週間後だったな」

仲のいい夫婦だったのはたしかだ。きっと心の底から信頼しあえていたのだろう。

ダガールに着いたときからずっとこらえていたのだが、ついに俺の目から涙がこぼれた。地面に落ちた雫《しずく》は乾いた砂に焼かれてすぐにその痕跡を消していく。

「それじゃあ俺はもう行くよ」

「ああ、ありがとな」

「ジンよぉ、お前の帰りをいちばん喜んでいるのはロットンとメランダさんだろうなあ」

「ああ……そうかもな……」

乾いた砂がとめどなく落ちる俺の涙を吸い続けた。


気持ちが落ち着くと、俺はずっと愛用していた装備を脱いだ。ドラゴンの革鎧を脱いでシャツとコットンパンツだけの姿になると、その上から黒いエプロンを身に着ける。これからはこれが俺の定番スタイルだ。今日から俺はカフェの店主なんだから。

着替えて身が軽くなると、掃除に取り掛かった。たまにポビックじいさんが風を入れてくれたとはいえ、積もった埃《ほこり》は大量だ。

窓を開け、まずは風魔法を駆使して埃を外へ吹き飛ばした。それが終わると、お次は拭き掃除だ。雑巾やモップは用具箱の中で見つけることができたが、裏の井戸は砂に埋もれていた。井戸というのは定期的な手入れが必要なのだ。この井戸も祖父母と一緒にその使命を終えてしまったようだ。

もっとも、俺は水魔法も使えるから問題はない。むしろ井戸で水を汲むより便利なくらいだ。店には対面式のキッチンが付いている。そこには水を溜めておける甕《かめ》もあったので、必要な分だけ魔法で出しておいた。

「備品はまだ使えそうだな」

食器類は皿もカップも傷んでいなかった。だが魔導コンロは壊れていた。何度スイッチをひねっても火がつかないのだ。おそらく経年劣化だろう。

あらかじめわかっていれば都の道具屋で買ってきたのだが、今さら言っても詮無いことだ。とはいえ、これも火炎魔法でなんとかなる。少量の料理なら問題はないはずだ。

カフェは村はずれにあり、祖父母の代から客は少なかった。店を開いたからといって、すぐに大勢の客が訪れることもないだろう。


あらかた掃除を終えるともう夕方だった。砂漠の太陽は地平線を真っ赤に染め、砂丘が鱗のように黒く波打っている。

窓からぼんやりその景色を眺めていたら店の扉に取りつけてある鐘が鳴った。カランカランとよく響く、銅製の鐘である。

ちらりと目をやると、年のころは十代後半、藍色の瞳、長い銀色の髪をした女が入ってきた。おそらくは旅人だろう。このあたりの女でないことは一目瞭然だ。皮マントの下に着ている白地のワンピースも、上に羽織ったネイビーのジャケットも高級品である。こんなものを着る女子はダガールにいない。

だがそれ以上に俺の目を引いたのは、この女が身に纏《まと》う影だった。どうにも暗い感じのする奴だ。目つきの悪い屈折した美少女、それが俺の第一印象だった。

「泊まりたいんですけど」

「泊まりたい？　ここはカフェなんだが……」

女はカウンターの横に書かれた料金表を無言で指し示す。

宿泊　……三千ゲト
水（洗顔にも飲料にも使えます）　……三〇〇ゲト

じいさんの頃には宿屋もやっていた。料金表はその名残で、外の看板にも小さく書いてあるのを忘れていた。ゲストルームは三部屋ある。

「悪いけど宿屋はもうやっていないんだ」

女は振り返って外を見た。先ほどまで大地を染めていた太陽はすでに砂丘の向こう側だ。空には残光がうっすらと残るだけになっている。

「廃業なんだ。カフェは再開する予定だけど」

「でも、部屋はあるのでしょう？」

「あるけど、ここにいるのは俺一人だぜ。あんた怖くないのかい？」

女は小さく肩をすくめた。俺をまっすぐ見据える瞳に恐怖の色はまったくない。

「べつに怖くないわ。それより、外で寝る方がゾッとする」

「怖くないわ」か……。ちょっとだけ古風な喋り方をする少女だ。ひょっとするとどこぞのお嬢様かもしれない。かわいらしさは感じないが所作《しょさ》の端々にエレガントさは見え隠れしている。

どうしてこのガキを泊めてやることにしたのかはよくわからない。なんとなれば村の神殿を紹介してやることもできたのだ。だが、俺はこの娘を泊めてやることにした。

下心があったわけじゃない。しいて言えば、こいつから俺と同じ臭いがしたからだ。それは、寂しがりの化け物の臭いだった。


二階のゲストルームに案内するとシュナと名乗った少女はため息をついた。部屋のボロさに呆れているようだ。

「嫌ならやめてもらってもかまわないんだがな」

「いいえ、ここに泊まるわ」

どことなく世を拗《す》ねているような印象をシュナからは受ける。

「この三号室を使ってくれ。なにかあったら俺は下のカフェか角の部屋にいるから」

「おやすみなさい」

小さくうなずいてシュナは扉を閉めた。

思いがけず妙な客を泊めることになってしまったが、それも明日までのことだ。朝になればあの娘も出ていくだろう。

だが、どこへ行くのだ？　砂漠へ行くのならラクダがないというのはおかしな話である。徒歩で渡りきれるほどゴーダ砂漠は甘くない。

まあ、俺ならレッドムーンまで徒歩で行けるとは思う。体力もあるし水魔法だって使える。てくてく歩いて行けばそのうちたどり着くだろう。

だがシュナはどうだ？　どういうわけか、あいつでもできそうだと俺は踏んでいる。あいつには得体の知れないなにかがある気がするのだ。

「どうでもいいか……」

そう、どうでもいいことだった。人と人との関係はほとんどが一期一会だ。俺とシュナだっておそらく二度と会うことはないだろう。

いろいろと考えるのはやめにして、俺はカフェのバーカウンターに座った。それよりも気になるのは祖父からの手紙だ。落ち着いたら読んでみようと思っていたのだが、シュナが来てこんな時間になってしまった。

夜も更けて、故人からの手紙を読むにはちょうどよい頃合いだ。封を切るとカサカサの紙が出てきた。

ジンへ

本で読んだことだが、親心というのは子が親を思う心の倍はあるそうだ。私は今それをこの身をもって実感している。不肖の孫の行く末が心配でならん。私にとっての唯一の心残りだ。

ジンよ、お前は幸せでいるか？　疲れてはいないか？　飯を美味《おい》しく食べられているか？

もしお前が幸福に暮らしているのなら私にとってそれ以上は望むべくもない。

どこへでも好きな場所へ行って自分の能力を試してみればいい。

だがもし不幸で、心が疲れてダガールに戻ってきたのなら、この家を起点にもう一度人生について考え直してほしい。

そのためにここをジンに残す。

仕事はいろいろあるだろう。砂漠の案内人になるというのも一つの手だ。ここには太陽の神殿へ行く巡礼者も多い。なんなら宿屋やカフェをやるというのも一つの手だ。ジンにまともな料理ができるかどうかはわからないがな。

もしジンが店をやるというのならアイバ家の秘密を教えておこう。

それは裏山のことだ。覚えているか？　ジンが幼い頃、魔物が出るから絶対に近づいちゃいかんと言っていたあの場所だ。実のところ、あそこは本当に魔物が出没する。それどころか、あの岩山の奥は迷宮になっているのだ。

アイバ家の者たちは代々この迷宮を受け継いできたが、そこで命を落とした者は数知れない。私の父や兄、ジンの父母もあそこで魔物と戦って死んでいるのだ。だから迷宮の存在をお前に教える気はなかった。

だが、今のジンなら平気かもしれないと考え直した。迷宮は危険だがその見返りは大きい。この迷宮は挑戦者の欲するものを与えてくれるからだ。

都に行った村の者からお前の話を聞いたよ。お前は無影のジンなんて呼ばれて、国いちばんの剣士になったんだってな。数年に一度手紙が来ても、ジンは「元気でやっている」としか書いてこないからちっとも知らなかったぞ。

あの小さかったジンが国いちばんの剣士とは私も非常に鼻が高い。よく頑張ったな。今のジンならきっと迷宮を自分の生活に役立てることができるはずだ。

ロットン・アイバ

手紙を読み終えた俺は身じろぎ一つできなかった。カフェの裏手にある岩山には頑丈な鉄の扉がついている。その奥が迷宮になっているとは想像すらしたことがない。

小さい頃から絶対に近づいてはいけないと厳命されてはいたが、そんな秘密があるとは知らなかった。だいたい俺の両親は砂漠の魔物と戦って死んだと聞かされていたのだ。

知ってしまえば気になった。引退したとはいえ俺は生粋の冒険者だ。そこに迷宮があるのなら、入ってみたくなるのが性《さが》というものである。

夜はすっかり更けて中天の位置に白い月が浮かんでいる。どうにも落ち着かなくて魔剣ヒュードルを腰に差し、愛用の皮鎧を身に着ける。とりあえずは様子を見るだけだ、そう自分に言い聞かせて外に出た。

岩山の入り口付近は暗かった。ちょうど陰になる部分で自分の手さえ見えないほどだ。火炎魔法で小さな焔を作り出して周囲を確認した。

じいさんが怖かったので、ここに来たことはほとんどない。改めて見ると、頑丈そうな鉄扉にはナンバー式のロックがついている。暗証番号はもう暗記しているが、本当にひらくのだろうか？

数字を打ち込むと、ロックは大きな音を立てて解除された。扉は予想以上に重かったが、軋《きし》むこともなくスムーズに開く。

入ってすぐはマンションのエントランスのようになっていた。神経を集中して内部の気配を探ったが、入り口付近に魔物の気配はない。だが……。

「隠れてないで出てきたらどうだ？」

振り返り、闇に向かって声をかけると、現れたのはシュナだった。

「どうしてついてきた？」

「なんかこそこそしていたから気になったのよ。アンタが悪党なら捕まえてやろうと思ったんだけど……」

シュナは周囲をきょろきょろと見回している。

「ここは迷宮ね」

「そのとおりだ。わかっているならすぐに出ていった方がいい。危険だぞ」

「そうかしら？　この付近に魔物の気配はないみたいよ。あら、あの石板はなにかしら？」

「おい……」

シュナは俺を通り越して目の前にある台座をチェックした。台座には石板が埋め込まれており、そこにはずらっと文字が並んでいる。

迷宮レベル：３
迷宮タイプ：荒野

挑戦者１
ジン・アイバ（27）：素人カフェ店主（剣士）

レベル　９９＋？
ＨＰ　９９９＋？
ＭＰ　９９９＋？
力　９９９＋？
すばやさ　９９９＋？
体力　９９９＋？
賢さ　３２
料理レベル　３
攻撃力　９９９＋？
守備力　９９９＋？
魔法攻撃力　１３２
魔法守備力　１６２

挑戦者２
シュナ・パイエッタ（19）：家出むすめ（見習い聖女）
レベル　９９＋？

ＨＰ	６５８
ＭＰ	９９９＋？
力	２４６
すばやさ	７８２
体力	６７３
賢さ	１７８
料理レベル	マイナス２４
攻撃力	２７３
守備力	２８７
魔法攻撃力	９９９＋？
魔法守備力	９９９＋？

「あんた、何者だ？　ふざけたステータスをしてやがるな」

魔法攻撃力と魔法守備力はＳランク冒険者の俺よりも上じゃねえか。こんな奴はトップレベルと言われたチーム・キングダムにもいなかったぞ。

「アンタこそ何者よ。アホみたいにカンストしているじゃない。まあ、賢さはたいしたことないみたいだけど」

言い方にカチンときた。

「なんだと？　てめえこそ料理レベルのマイナス24ってなんだよ。状態異常なしでマイナスなんて初めて見たぞ」

「うるさい、バカ！　勝手に他人のステータスをじろじろ見ないでよ。スケベ、エッチ、色魔！」

自分だって見たくせに、ひどい言われようだ。

「俺はここの調査をするから、出ていってくれ」

「ふん、お断りよ。ちょうど眠れなくて困っていたの。手伝ってあげるから感謝しなさい」

実に勝手な言い草だが、それでもいいような気がした。たぶん、俺が本気を出してもこいつならビビったりはしないだろう。化け物同士、そこだけは安心してもいいと思う。

「いちおう、この迷宮のことは内緒なんだが……」

「安心して。私は口が堅いから」

「堅いというより悪そうに見えるが……？」

「殴るわよ」

「殴り合いで勝てると思うなよ」

「極大魔法でぶっ飛ばす」

「だが避ける！」

「結界を張って逃がさない！」

「それでも避ける！」

「逃がさない！」

俺たちは罵りあいながら迷宮の奥地へと踏み込んだ。


エントランスを抜けると、そこは薄暗い荒野だった。岩壁などはどこにも見当たらず、寂しげな平原がどこまでも続いている。カフェ裏の岩山の中とはとても思えない。

「おそらく大規模な空間魔法ね。転移魔法で亜空間に飛ばされたのよ」

「へー」

「アンタ、わかってないでしょう？」

「うん」

「バカ……」

「まっすぐ歩いていったら壁にぶつかるのかな？」

「いえ、同じところに戻ってしまうはずよ」

つまり北へまっすぐ進めばいつの間にか南に、東にまっすぐ進めば西に到着してしまうのだろう。

「丸い球の上を歩いているようなもんだな」

「あら、意外とお利口さん」

「あんまりバカにするな。それと俺の名前はジン・アイバだ。まがりなりにも今はチームなんだから、相棒の名前くらいは覚えておけ」

「シュナ・パイエッタよ。私の足を引っ張らないでね」

「ほざいてろよ……」

迷宮のレベルは3というだけあって、出現する魔物はたいしたことがなかった。一角ウサギに巨大カマキリなど低レベルの魔物ばかりである。俺たちはそいつらを一撃で倒していく。

「やっぱり強いな。ディランの三倍は強いわ」

「ディラン？　誰よ、それ？」

「俺の友だちだ」

「アンタの友だち風情と一緒にしないで。こっちは毎日『奈落の底』の最下層で……」

うかつなことを喋ってしまったといった感じでシュナは言葉を飲み込んだ。

「奈落の底？」

「なんでもない」

奈落の底という名称には聞き覚えがあった。たしかガーナ神殿の地下にあるとされている迷宮の名前がそれだったはずだ。

一般の冒険者は入ることが許されていなくて、特に選ばれた神官《しんかん》や神殿騎士たちがそこで修業を積むという話である。

神官崩れの冒険者に聞いたことがあるが、奈落の底の最下層には地獄に通じる門があるそうだ。そこで悪魔と戦い、勝利できた者はしかるべき地位につくという噂がある。

シュナのステータスには見習い聖女とあった。聖女といえば神殿のアイドル的存在だが、その実力は計り知れない。おそらくシュナも地獄門の前で修業をしていたのだろう。

「なにをぼんやりしているのよ？」

「いや……、って、次が来たぞ。たぶんあれがボスだ」

ボスは巨大な雄鶏《おんどり》だった。体長は二メートルくらい。燃えるように赤いトサカ、純白の羽、鋭い嘴《くちばし》と鉤づめは鮮やかなレモンイエローで、金色の目は殺意に満ちていた。

「ブラッドコーチンね」

「稀に羽針を飛ばしてくるぞ。刺さると神経に作用するから気を……」

説明はまだ途中だったがシュナの風魔法が発動してブラッドコーチンの首を切り落としていた。見事なウィンドカッターだ。なるほど、魔法攻撃は俺より上か。発動スピードも威力も尋常じゃない。

「せっかちだな」

「先制攻撃は戦いの基本よ。学校で習わなかったの？」

「学校なんざ行ったことねえよ」

ダガール村に学校はない。村の神官さんが子どもたちに文字を教えてくれただけだ。優しい神官さんは「あなたの隣人を愛しなさい」と説いたが、「やられる前にやりなさい」とは言っていなかった。

そもそも町の子どもだって学校に行けるのはほんの一握りだ。裕福な家の子弟、貴族や商人の子どもくらいである。口は悪いが、シュナの動作には洗練されたものがある。おそらく貴族階級の娘だろう。

首を落とされたブラッドコーチンは一般的な鶏のサイズに縮んでしまった。魔物にはこういうことがよくある。

「こいつは可食モンスターだから持って帰ろう」

ブラッドコーチンは王都の中央ダンジョンでも出現して、俺もよく食べたものだ。味が濃く、肉の弾力が強い。高級食材として人気が高く、レストランなどに卸すと喜ばれる。ブラッドコーチンを専門に狩る冒険者もいたくらいだ。

「あら、卵もあるわよ」

草むらの中に六個見つけたので、それも持ち帰ることにした。

ボスを討伐したからだろう、迷宮の地面が盛り上がり、そこに祭壇が現れた。石造りの舞台のようになっていて、高さは四〇センチほどである。広さは四メートル×四メートルくらいだ。

舞台の上にはたった今倒したばかりのブラッドコーチンの石像が建っている。

石像の前には小さな宝箱もあった。だが、レベル３の迷宮なのでたいしたものは入っていないはずだ。

「あまり期待するなよ」

「わかっているわ。それでも期待しちゃうじゃない」

シュナはブツブツと文句を言いながら蓋を開けた。中から出てきたのは筒状に巻かれた羊皮紙だ。

「マジックスクロールかしら？」

マジックスクロールとは、そのまま魔法の巻物のことである。魔法が使えない者でもマジックスクロールを読むだけで、そこにこめられた魔法を発動できてしまう便利アイテムだ。

その利便性から高値で取引されることが多い。特に強力な魔法がこめられたマジックスクロールは需要が高く、中には数千万ゲトで取引されるものもあるようだ。

「……これ、マジックスクロールじゃない」

羊皮紙を読んでいたシュナがボソリとつぶやいた。

「じゃあなんだよ？」

シュナは無言で羊皮紙を突き出してくる。その表情は複雑だ。

「なになに……『美味しいコーヒーの淹れ方』だ……と……？　マジックスクロールじゃなく

てレシピじゃねえか！」

羊皮紙には豆と水の量、お湯の温度、何秒でどれくらい湯を注ぐのかなどの細かい指示が並んでいた。

そういえばじいさんの手紙にあった、この迷宮は挑戦者の欲するものを与えてくれるって。だからレシピや食材が手に入ったのだろう。

「やれやれ、苦労して手に入れたのが肉と卵、そしてレシピとはね」

「別に苦労なんてしてねえだろう？　瞬殺していたくせに」

「気持ちの問題なの。はあ、精神的に疲れたわ。せっかくレシピを手に入れたんだからコーヒーを淹れてよ」

「うむ、そうしてやりたいのだが、うちにはコーヒー豆がない」

「はっ？　それでよくカフェが名乗れたわね！」

「だから、まだ開店前だって言ってるだろがっ！　明日まで待ちやがれ」

「じゃあ、明日になったらどんなメニューを出すのよ？」

「もちろん美味しいコーヒーだ」

「他には？」

他にだと？　そういえば俺はまだなにも考えていなかったな。ドライカレーの作り方を思い出すのに必死で他のことに考えが及んでいなかったのだ。

「他は……、そう！　水だ。水を二〇〇ゲトで売り出す」

砂漠で水は立派な商品になる。

「他には？」

他だと……？

「こ、氷水。二五〇ゲト」

「それ以外にないの？」

「砂糖水と塩水……三〇〇ゲト……」

「バカか……」

シュナの呆れ顔がムカついた。

「うるせえ、マイナス24」

「マイナス24って呼ぶなっ！」

俺たちは再び罵りあいながら来た道を引き返した。


朝になった。ゴーダ砂漠は本日も晴天なり。早朝から大量の紫外線が降り注ぎ砂を焼いている。

となれば旅人に水が売れるかもしれない……。思い立ったが吉日という言葉もある。ここには水しかないけれど、今日から店を開けるとしよう。

決意も新たに、じいさんの代からある黒板に俺はメニューを書きつけた。

本日のメニュー
水　……二〇〇ゲト
氷水　……二五〇ゲト

これでよし。カフェ・ダガールは本日から開店だ。

さて、こうして開店準備は整ったのだが、腹が減って仕方がない。夜中に迷宮を探索したせいだ。本日はめでたい開店記念日でもある。というわけで豪勢な朝食を作ることに決めた。

幸い、俺の手元にはブラッドコーチンの肉がまるまる一羽分と卵が六個ある。これを使えば腹を満たすにはじゅうぶんだ。

なにを作ろうかと考えていると、店にシュナが入ってきた。

「おはよう、お腹がすいちゃった。朝ご飯をお願い」

「おう、今作るぜ」

「今朝のメニューはなに？」

「ブラッドコーチンの塩焼きと目玉焼きだ」

「昨日のあれね。じゃあお願い」

シュナはバーカウンターに頬杖をついてぼんやりとしている。こちらを手伝う気はないようだ。もっともシュナはお客であり、俺は店主である。そのことに異存はない。

異存はないが……、少々困っている。俺の目の前にあるのは羽が付いたままのブラッドコーチンだ。捌《さば》いて精肉になっているわけじゃない。

「なあ、鶏肉はどうやって捌いたらいいんだ？」

「私が知っているわけないじゃない。ジンは料理人でしょう？　ジンがなんとかしなさいよ」

「俺はカフェの店主なの。カフェの店主は鶏を捌かないの」

たぶん。

前世を含めたこれまでの人生で、肉の解体をした経験はない。冒険者パーティーには専属の料理人がいたのだ。食糧管理や調理はぜんぶ彼がやっていたので俺が知る由《よし》もない。

「シュナは家の手伝いとかをしたことないのか？」

そう訊《き》くと、シュナは一瞬だけ悲しそうな顔になった。

「私はずっと忙しかったの！　そういうのをやっている暇はなかったんだから」

「仕方がない。それじゃあ卵を焼こう。目玉焼きくらいなら俺でもなんとかなる」

「そうね。それくらいなら私でも……」

目玉焼きの準備をしていると外からラクダの足音が響いてきた。

「おーい、ジン、起きているかぁ?」

あの声はポビックさんだな。

「ヘロッズ食料品店のボビックさんだ。ちょっと行ってくるから目玉焼きを頼む」

「う、うん……」

俺はシュナを残して表に出た。

「おはよう、ポビックさん。どうしたんだい?」

「ちょっと用事があって寄ったんだ。ついでに注文を取っておこうかと思ってな。欲しい食材とかはあるかい?」

「そうそう、コーヒー豆を注文しようと思っていたんだ」

美味しいコーヒーの淹れ方のレシピは入手済みだ。コーヒー豆さえあれば繁盛店への道だって簡単に開けるだろう。

「それからパンも頼む」

ポビックさんと注文のことを話していたら、店の中からシュナの叫び声が聞こえてきた。

「ギイヤアアアアア!」

ただ事ではない叫びに肝をつぶし、俺は慌てて店の中へ駆け込んだ。

「どうした、シュナ⁉」

店の中に充満する煙の向こうに、呆然と立ち尽くすシュナの姿があった。シュナの手にはフライパンが握られており、その上には殻が付いたままの卵が置いてあった。あるものは黒く煤《すす》け、またあるものは破裂して中身がこぼれているではないか。

「まさかとは思うが、殻ごと卵をフライパンの上に置いたのか？」

「そ、そうよ」

「卵は割って入れるもんだぜ」

「し、知らないわよ、そんなこと！　茹でるときは割らないでしょう？　だから同じだと思ったの！」

くそ、料理レベルマイナス24をなめていた。

「もったいないことをしちまったな……」

つい、ぼやいてしまったら、シュナはキッと俺を睨《にら》んだ。

「元に戻せばいいんでしょう？　やってやるわよ！」

元に戻す？　そんなことは不可能だ。

「やっちまったものは仕方がない。素直に謝ってくれればそれで……って、なにをしているんだ？」

シュナは胸の前で手を合わせて魔力を循環させ始めた。立ち昇る青緑のオーラは神聖魔法の特徴である。だがこれは並の神聖魔法じゃない。循環する魔力量が膨大すぎて店の家具が震えていやがる。

おや、どこからか微かな歌声が聞こえてきたぞ。これはシュナが歌っているんじゃない。シュナは自分の身に神を降ろそうとしている。この歌声は運命神を迎える天使たちの歌声だ。

「まさか、蘇生魔法か！」

「囁き……祈り……詠唱……念じろぉおおおおおお！」

膨大な魔力が無残な卵に降り注ぐ。

「卵は元気になりましたぁああ⁉」

信じられないことに、六個中三個の卵が元通りになっていた。それどころじゃない、二羽ほどヒヨコになってるじゃねえか……。

「すげえな。高位の神官でも蘇生魔法の成功率は一割以下って聞いたぞ」

「ふん、御覧のとおり元通りよ。一個くらいはご愛敬ね……」

卵が相手ではあるが、八割以上の確率で蘇生させていやがる。やっぱりこいつはただ者じゃないな。

魔力を使い果たしたのだろう、シュナはよろよろと壁のところまで行って、背中をつけて座り込んでしまった。蘇生魔法を六個分だ、ふらふらになっても仕方があるまい。

だが、脱力の仕方がひどすぎる。眉間にしわを寄せて、ゼエゼエ喘ぐ姿はオッサンだ。せっかくの美少女が台無しである。

「おい、パンツが見えているぞ」

「疲れて動けないの。ありがたく拝んどけ……」

吐き捨てる姿に、こいつが聖女になれない理由の一端がわかった気がした。

「ありがたみの欠片《かけら》もねえな。目玉焼きは俺が作るから休んでろ」

「ん……。ジン」

「なんだ？」

「お水をちょうだい」

優しい俺はすぐに水魔法で水を作ってグラスに注いでやった。

「二〇〇ゲトだ」

「お金をとるの!?」

当然だ。俺は店主でシュナは客。砂漠で水は貴重なのだ。カフェ・ダガール、本日より開店である。

第二話　開店、カフェ・ダガール

　店を開けたはよかったが、客は一人も来なかった。日中に交易商人や巡礼者たちが街道を通ったが、店に入ろうとする者は一人もいない。みんながみんな素通りだ。今日もむなしくゴーダ砂漠の空が暮れていく……。

「なぜだ⁉」

「水しかないからよ！」

　シュナの理不尽なツッコミは無視した。そして俺たちはまた迷宮へとやってきている。うちに食べるものがなにもなかったからだ。

「めんどくせえなあ……」

「アンタがブラッドコーチンを黒焦げにしたからじゃない」

「焼けば羽をむしらないですむって言ったのはシュナだろう」

「だからってファイヤーボールをぶっ放すんじゃないわよ！」

　たしかに羽は焼け落ちた。その代わり肉も黒焦げになってしまったのだ。俺は自分のファイヤーボールを過小評価していたみたいだ。

「まあ、すんだ話を蒸し返すのはよそうぜ。それより石板のチェックだ」

迷宮レベル：21
迷宮タイプ：森

入るたびに構造が変わるのはわかっていたが、前回のレベル3に比べて今回はレベルが大幅に上がっていた。

なるほど、じいさんが俺をここに入らせたくなかったわけだ。いきなり高レベルの迷宮に当たれば即死だってありうるのだ。

とはいえ21くらいなら今の俺ならどうということもない。幸か不幸か欠陥聖女様もご一緒だ。

エントランスを抜けるとそこは森というより密林だった。ゴーダ砂漠では感じることのない蒸し暑さが俺たちを襲う。どこか見えないところで動物や鳥が鳴いている。まさにジャングルといった風情で、密集した木々の間を細い小径《こみち》が続いていた。

「おそらくボスはこの先だろう。行ってみようぜ」

歩き出してすぐにシュナがなにかに気がついた。

「見て、ジン。枝に爆弾が！」

枝に爆弾？　ジャングルで爆弾など、どこかのゲリラみたいで物騒だ。だが、シュナの見つけたものは爆弾などではなかった。

「違う、あれはアボカドだ！」

「アボカド？」

高い枝の上に鈴なりのアボカドがあった。リングイア王国にアボカドはないので、シュナが知らないのも当然だ。俺だって前世の記憶がなかったらわからなかっただろう。

「アボカド……、アボガド？　いや、アボカドが正しかった気がする」

俺は曖昧な記憶をたぐりよせる。

「名前なんてどうでもいいのよ。食べられるの、あれ？」

「たしか美味かったはずだ。熟しているのは黒いやつだ。青いのは食べられなかったと思う」

「だったら黒いのを持って帰りましょう」

シュナは嬉々としてアボカドの木に近づいた。

「待て！」

殺気を感じて抜剣した。敵は目の前のアボカドの木だ。どうやらこいつは植物系の魔物だったらしい。幹をくねらせ、枝をしならせて攻撃してきた。

「なめるなぁ！」

ほお、しなる枝を蹴り返したか。シュナの蹴りはアボカドの生木を切り裂くほどの威力だ。

出来損ないの聖女様は物理攻撃も得意だったか……。

　あの蹴り、ウチのチームにいた格闘家より技量は上だろう。奴も闘技大会で優勝するくらいの腕だったが、シュナの蹴りの方がキレている。

　だが恥じらいはないな。今日のパンツの色は黒だ。

「死にさらせやぁああっ！」

　相変わらず色気も皆無だった。

　アボカドの魔物は俺が剣でとどめを刺した。熟れたアボカドが十個も手に入ったが不満は残る。本当はもっと採れたはずなのに、ほとんどの実がシュナとの格闘で潰れてしまったからだ。

「もう少しスマートに戦えないのか？」

「力で圧倒して押し潰す。それが私の格闘術よ」

「聖女のセリフじゃねえな」

「私を聖女と呼ぶな！　絶対になりたくないんだから」

　倒したのに祭壇が現れないところをみると、アボカドはボスではなかったようだ。迷宮のレベルは24だから、ボスはもう少し強力なのだろう。この迷宮を制覇するにはもう少し先へ進む必要があるようだ。

　しばらく森の中を進むと少し開けた場所に出た。そこに現れたのは人型《ひとがた》の魔物だ。といっても人間に似ているのは体の一部だけで、頭部は紫色のボンボンのような花、腕はネギのような葉っぱになっている。

「初めて見るけど植物系の魔物……だよな？」

「こいつがここのボスのようね。弱そうだけど」

「油断するなよ」

魔物はいきなりガスを吐いてきた。シュナを抱き上げてバックステップで避ける。シュナは俺の腕の中でウィンドカッターを発動させた。

失格聖女様は判断も早いな、回避は俺に委ねて攻撃に専念してやがる。強力な風の刃が、ガスを払うと同時に魔物の体を切り刻んだ。またもや勝負は一瞬で決した。

「催涙ガスの類だな。目の端がちょっと痛む」

「はいはい」

シュナの治癒魔法で目の痛みはすぐになくなった。

「ん？　あれはニンニクじゃないか？」

倒れたモンスターの太ももにニンニクの塊が瘤《こぶ》のようにたくさんついていた。さっきのボスはニンニクの魔物だったようだ。

「まさか、あれを食べる気？」

「だってニンニクだぜ」

「なんとなくグロテスクじゃない。臭そうだし！」

「だってニンニクだから……」

言い争っていると前回と同じように祭壇が現れた。祭壇の横には宝箱もある。

「今日はなにかなぁ」

ウキウキしながら開けてみると、そこにはアボカドトーストのレシピが入っていた。前世で食べたような気もするけど、記憶は曖昧だ。俺はささっとレシピに目を通していく。

「おっ！　美味しいアボカドトーストを作るにはニンニクが必要だぞ。やっぱり採取していこう」

「私は食べないからねっ！」

「そう言うなよ、今夜も泊めてやるからさ。ホテルは廃業だから特別なんだぞ」

「今夜も泊まるなんて言ってないでしょう！」

「あ、そうなの？　チェックアウトならそう言ってくれよ」

「いや、まあ……、泊まるけどさ……」

泊まるのなら最初からそう言えばいいのに、シュナは相変わらず素直じゃなかった。

カフェに戻ってきたので、さっそくアボカドを食べてみることにした。

まずは縦に切り込みを入れる。そうそう、中には大きな種があるのだったな。だんだん思い出してきたぞ。

切り込みを入れた実を両手に持って切れ目にそって回転させれば二つ割りの出来上がりだ。黒い皮の中から鮮やかな緑色の果肉が出てきたのでシュナは驚いている。種はナイフの付け根を刺してえぐり出せばきれいに取れたはずだ。半身をスライスして皿の上に並べた。

「よし、食べてみようぜ」

どうやって食べていたかまでは思い出せないので、まずはそのままいってみることにした。

「いただきまーす」

喜んでアボカドを口に運んだシュナだったが、反応は微妙だった。

「まずくはないけど……」

「塩をかけたら美味くなるんじゃないか？」

前世では醤油という調味料をかけた気がするけど、この世界では見つからないと思う。とりあえずは塩が無難だろう。

「塩？　本当かしら。砂糖の方がいいんじゃない？」

「いや、絶対に塩だ。やってみようぜ」

「わかった」

シュナはお約束をきっちり守れる人らしい。スプーンに山盛りの塩をかけようとしている。

「待て、マイナス24！」

「人を数字で呼ばないで！」

「わかったから俺にやらせてくれ」

なるべく均等にかかるように、パラパラと塩をかけた。どれ、味はどうなっただろう？

「お、さっきよりずっと美味いぞ」

「本当に？」

一口食べたシュナも笑顔になる。

「これなら私も好き」

「黒コショウなんかがあってもいいな。明日はヘロッズ食料品店からパンが届く予定だからアボカドトーストを作ってみよう」

「この宿に来てから初めてまともな料理が食べられそうね」

「文句を言うな。この居候《いそうろう》め」

「私は客よ」

「だから、宿屋は廃業なんだってば」

「知らないわよ」

うちの客は我がままだった。

翌朝、ポビックじいさんが配達にやってきた。

「大パンが五つ、卵が二十個、オリーブオイルが一瓶、それにコーヒー豆だ」

「たしかに受け取ったぜ。これでまともな営業ができそうだ」

「最初は難しいと思うが、諦めずに続けろよ。なにかあったら力になるからな」

「ありがとな！」

ポビックじいさんを見送ると、待ち構えていたシュナに声をかけられた。

「お腹がすきすぎて死にそうなんだけど」

「わかった、わかった。いまアボカドトーストを作ってやるから」

「え～、肉が食べたい」

「贅沢を言うな、居候」

「私は客よ！　はい今日の宿代」

シュナは三〇〇〇ゲトを手渡してくる。

「まだ泊まるのか？」

「私の勝手でしょっ！」

いや、ここはカフェであって宿ではないのだ。勝手すぎるだろう。

「まあいいわ、餓死するよりマシだからアボカドトーストを作るのを手伝ってあげるわ」

これは危険だ。マイナス24がやる気を見せているぞ。

「シュナは手を出すな」

「なんでよ？」

下手なことを言うとまた機嫌が悪くなるからなあ……。

「シュナはお客さんだろう？　料理は店主である俺がやる」

「あ、そっか」

意外なほどシュナは単純でもあった。


アボカドトーストを作るのは簡単だ。アボカドを潰し、塩、オリーブオイルとレモン汁を混ぜ合わせる。レモンはないから今日は省略する。

次にニンニクをこすりつけてからトーストをこんがり焼く。これに先ほどのアボカドディップを載せれば出来上がりである。仕上げにコショウをかければなおいいのだが、これもないので省略する。

レモンもコショウも森タイプの迷宮で手に入りそうだから、いずれは完璧なアボカドトーストが食べられるだろう。

俺がアボカドトーストを作っている間、シュナにはポットにお湯を沸かしてもらうことにした。マイナス24でもそれくらいはできるだろう。立っている者は客でも使う、それがカフェ・ダガール流だ。

「シュナ、魔法でポットのお湯を沸かせるか？」

「ふん、なめるんじゃないわよ。魔法は得意なんだから」

シュナの指先から青白い浄化の炎が迸《ほとばし》った。上級悪魔をも焼き払う、大天使ネクソルの炎じゃないか！　あんなもので焙《あぶ》ったらポットの底が抜けてしまう。

「もっと小さい火だ！　魔力制御もできないのか？」

「わ、わかっているわよ。もっと小さい火を出せばいいんでしょう。これでどう？」

燃え盛る業火《ごうか》にカフェ・ダガールが紅に染まった。これは炎帝フドウのインペリアルファイヤー……。

「いちいち大技を出すな！　もっと弱い火だ。普通の火炎魔法を弱めの出力で出すんだよ」

「今やろうと思ってた！」

子どもか？　子どもなのか？

パンツは黒のレースのくせに、言っているのは子どもの言い訳だな！

「これでどう？」

シュナの指先でオレンジ色の炎が揺れている。

「そうそう、そういうのでいいんだよ」

ようやく安心してアボカドトーストを作れるというものだ。アボカドトーストを作ってから、買ったばかりの豆でコーヒーを淹れた。

「うーん、いい匂い。お料理をするのって案外楽しいわね」

なに、そのやり切った感に満ちた表情は!?　シュナは湯を沸かしただけだろう！

どういう思考回路をしているんだよ？　こっちはショート寸前だぞ！

だが、放っておくしかあるまい。下手に刺激して、カフェ・ダガールに火をつけられてはたまらない。俺の水魔法じゃシュナの地獄《ヘル》の業火《ファイヤー》は消せないだろう。

「そうだな……、料理は……楽しいさ……」

「どうして遠い目をしているのよ！」

俺は黙々と料理を作った。

コーヒーもアボカドトーストもそれなりに美味しくでき、シュナも味を認めてくれた。

「これならお店に出せるんじゃない？」

「問題は客が来るかだよな」

太陽は高い位置まで昇っていたけど、今日も店に来る客はまだいない。紫外線は眩しく、コーヒーはほろ苦かった。

＊＊＊

普段は朝食を催促するシュナが、その朝はいつまでも起きてこなかった。

医者の不養生という言葉もある。治癒魔法が得意な聖女も具合を悪くすることだってあるかもしれない。心配になった俺は客室まで様子を見に行くことにした。

そういえば、この三号室に入るのはシュナが来てからは初めてだ。

「シュナ、朝だぞ。起きているか？」

返事はない。ひょっとして出ていってしまったのか？　あいつは自分勝手だから、俺が寝ている間に出発したとしてもおかしくはない。

ドアノブに手をかけると鍵はかかっておらず、ドアはすんなりと開いた。

「なんじゃや、こりゃあ！」

部屋の内部を見て、俺は思わず叫んでしまった。朝の光に照らし出されているのは足の踏み場もないほど服が散乱した部屋である。

きっと脱いだ服を片付けもせず、その辺にほっぽり出していたのだろう。そして、洋服の持ち主はベッドにおり、はしたない寝相でいびきをかいて寝ていた。

「こら、シュナ！　起きろ！　なんだこの部屋の有り様は！」

「ん～、ジン？　あ、掃除はいらないから……むにゃむにゃ……」

「掃除はいらないからじゃない！　たった数日でどんだけ汚しているんだよ」

「うるさいなあ、服を置いておいただけじゃない」

俺も几帳面ではないがここまでひどくないぞ。とにかく、シュナが予想以上にずぼらな性格ということがわかった出来事だった。

本日も食べ物を取りにダンジョンへ来ている。どういうわけかシュナも一緒だ。

「だって、部屋にいてもつまらないんだもん」

「いや、いつまでもこんなところにいていいのか？　どこか行くあてはないのかよ？」

「ないわ。聖女になるのが嫌で神殿を逃げ出してきたんだから」

こいつ、あっさりとカミングアウトしやがった！

「それ、やばくないのか？」

「こんな辺境にいるとは思わないでしょ。そんなことより石板チェックよ！」

俺は神殿の神官たちに心から同情した。

> 迷宮レベル：1
> 迷宮タイプ：荒野

「レベル1か。こんなところを攻略しても、ろくでもないアイテムしか手に入らないだろうな」

「だったら入り直せばいいじゃない？」

その発想はなかった。ここは入るたびに構造の変わる迷宮だ。気に入らないのならば入り直せばいいだけだ。

「やってみるか。いったん外に出よう」

シュナの提案に従い、入り直してみた。

迷宮レベル：2
迷宮タイプ：荒野

「今度はレベル2か。今日はついていないな」

「もう一回入り直してみればいいのよ」

「そうするか」

迷宮レベル：4
迷宮タイプ：荒野

「タイプは同じで、レベル4か。まだまだだなあ」

「正直者は三度目に成功する、よ。もう一度やりましょう」

「いや、もう三回入っているだろう？　次は四回目だぞ」

「うるさいわね！　細かいことを気にしないでっ！」

やれやれ、失格聖女様はわがままだ。なにが正直者は三度目に成功する、だよ。だが、理不尽ではあってもシュナはウソつきではないか……。ある意味では正直者であるのだ。

そういえば、前世でも似たようなことわざがあったなあ。どうでもいいことだが数字の三が付くことわざって多くないか？　三度目の正直、二度あることは三度ある、石の上にも三年、などなど。

ちなみに、この世界では「ユーラの顔も三度まで」ということわざが存在する。ユーラは慈愛の女神だ。そんな優しい女神さまでも四度目は怒ってしまうらしい。俺たちは三度目のチャンスにかけて迷宮に入り直した。

迷宮レベル：8
迷宮タイプ：荒野

さっきよりレベルは上がったけど、まだ物足りない。タイプは同じ荒野か。

「レベルは確実に上がっているわ。やり直しよ！」

ずんずんと前を歩くシュナに続いて迷宮の外へ出た。

迷宮レベル：16
迷宮タイプ：荒野

「さっきよりだいぶ上がったな」

「ねえ、ジン。気がつかない？」

「なにが？」

「これ、入るたびにレベルが倍になっているわよ」

「言われてみれば！」

「念のために確認しておきましょう」

もう一度入り直してみた。

迷宮レベル：32

迷宮タイプ：荒野

「やっぱりね。私の予想が当たっていたわ」

「じゃあ次に入り直せばレベル64か」

「いってみる？」

「もちろんだ」


つい調子に乗り、俺たちは迷宮レベルを256まで上げてしまった。こうなると、見慣れたはずの荒野タイプも雰囲気が違ってくる。

レベルの高い魔物がうようよいるのだろう、こちらに向けられる殺意の強さに肌がひりつくようだ。だが、俺もシュナも気負いはまったくなかった。

「びびってないよな？」

「ジンこそ怖がっているんじゃない？」

「まさか。それよりも聞こえないか、この羽音」

「うん、数百匹はいるわね」

俺たちの気配を察知して迫っているのはキラービーだ。こいつらは体長が一五センチもある大型の蜂で、その毒は一瞬で大型獣の命を奪う。

「俺が引き付ける。得意の火炎で焼いてくれ」

「了解。刺されないでね」

魔剣ヒュードルを抜き、囲まれないように蜂の群れの外側を駆け抜けた。接近してくる蜂は剣で切り落とす。やがてキラービーの数が多くなり、剣だけでは追い付かなくなると、俺は蹴りも組み合わせて対処した。

上下左右、前後ろ、剣と蹴りは弧を描く。躱《かわ》し、蹴り上げ、斬り下げる。自分が縦横無尽に回転する独楽《こま》になった気分だ。そういえば地球ゴマってあったよな……。

不意に前世の記憶がよみがえったが、突如燃え上がった紅蓮《ぐれん》の炎に俺は慌てて飛びのいた。

キラービーを焼き尽くす業火は、シュナの放ったインペリアルファイヤーだ。さすがは炎帝フドウの必殺技、キラービーの大群は瞬く間に灰になった。

「熱っちいなっ！　俺まで少し火傷《やけど》したぞ！」

「仕方がないでしょ、蜂を全滅させるためなんだから」

言い返しながらシュナは俺の顔に触れた。冷たい指の感触が焼けた皮膚に心地いい。治癒魔法を使っているようで、清廉な水が体の中に注ぎ込まれる感覚がした。

「はい、これでいいわ」

「さすがだな。実はさっきの戦闘で右の肩を少しだけ傷めた。ついでに治してくれ」

「あんまり甘えないでくれる？　私は甘やかされる方が好きなの」

「気が合うな、俺もだ」

文句を垂れながらもシュナは肩に手を当ててくれた。

シュナは治療魔法を施しながら周囲に目を配っている。

「ジン、あそこにハチの巣があるわよ」

荒野に生える大木に巨大な巣がかかっていた。きっとキラービーの巣なのだろう。普通では考えられないくらい巨大な巣で、全長は六メートルくらいありそうだ。

「そういえば、キラービーの巣からもハチミツが採れたよな。かなり美味くて、栄養価も高いってのを聞いたことがある」

「いいじゃない、持って帰りましょうよ」

「容れ物がないぞ」

手元にあるのは水筒が一つだけだ。まさか大量のハチミツが採れるとは思っていなかったので仕方がない。

「巣ごと持ち帰ったら？」

「運べなくはないだろうが、ベトベトになるから嫌だ。まだボス戦だって終わってないんだぜ」

貴重で美味なハチミツをすべて諦めるのももったいなかったので、水筒に入れて持ち帰ることにした。

指についたハチミツを味見してみると草原の花の香りが鼻から抜けた。実に爽やかな味わいだ。

「美味いな」

「うん、美味しい」

これがあればカフェのメニューも広がることだろう。

水筒にハチミツを納めていると、荒野の向こうから大きな地響きと、機関車のようなシューシューという音が聞こえてきた。だんだん音が大きくなるところをみると、こちらへ近づいているようだ。

「ボスが現れたみたいね」

「そのようだな。厄介そうな足音を響かせていやがる」

相手はレベル256のボスである。かなりの強敵であることは間違いない。さて、体の傷はどうなったかな？　ヒュードルを抜いて一振りしてみる。シュナの魔法のおかげで肩の痛みはまったくなかった。

「いけそう？」

「普段より調子がいいくらいだ。ありがとな」

「お礼は言葉より形あるもので示して」

「…………」

巨大な牡牛《おうし》が現れたので、シュナへの返答はしなくてすんだ。それにしてもでかい牛だ。身体の大きさは象くらいありそうだ。

しかも全身が炎に覆われている。名前は知らないが厄介そうな敵である。あまりの高温に近づくだけで火傷しそうなくらいだった。

「あ～、私の炎は役に立ちそうにないね。ジンに任せる」

「手を抜くなよ……」

「さっき治療してあげたでしょう。しっかり頑張りなさい」

強敵には先手必勝だ。全身に魔力を巡らせた状態で地面を蹴った。残影を残す高速の踏み込みに合わせて剣を横に振りぬく。大抵の魔物はこの初太刀で絶命するのだが、この牛は一味違った。

「ジンの攻撃を躱した！」

首をひねって俺の剣を躱し、戻す力で角を突き上げてくる。ジグザグのバックステップで追撃を避け、どうにか距離を取った。

「さすがはレベル２５６、とんでもない魔物が出てきたな」

「思い出した。そいつはインフェルノブルよ。火炎属性は効かないから気をつけて」

「参戦する気は？」

「そいつ、熱いからやだ。死んでも蘇生してあげるからジンがやって」

「ひでえな、鬼畜聖女かよ」

「私のことを鬼畜って言ってもいいけど、絶対に聖女って呼ぶな！」

本当に聖女になるのが嫌なんだなあ。

再びインフェルノブルが突っ込んできた。激しい攻防が続いたけど、またもやバックステップで逃げることにした。

だがこれは誘いだ。あえて先ほどとまったく同じパターンで回避する。こいつほどの魔物なら俺の行動を予測するくらい簡単だろう。

ほら来た！

インフェルノブルは回避ポイントを読んで攻撃してきたぞ。だがそれはこちらも予測していたことだ。奴の攻撃に対してカウンターとなる一撃を振りぬいた。

俺の剣先は奴の右目をとらえた。体をくねらせて苦しむインフェルノブルの側面に回り込み、死角からの攻撃を浴びせる。大量の魔力を送り込んだヒュードルをインフェルノブルの首をめがけて叩き込んだ。

剣の一閃で落ちる首、胴体は地響きを立てて大地に沈んだ。

「疲れた！　しかも体が痛い！」

戦闘中は気がつかなかったが、対峙しているだけで火傷を負っていたのだ。

「シュナぁ」

「だから甘えないでって」

やっぱり文句を垂れながらもシュナは手当てをしてくれる。どうして普通にできないのかなあ？

「お、牛の炎が消えていくぞ」

生命が尽きるのと時を同じくしてインフェルノブルを覆っていた炎は消えてしまった。

そして、いつもと同じように祭壇が現れる。ところが、今回は見慣れた宝箱がない。

「これだけ苦労してご褒美なしか。やってられないな」

「こういうこともあるってことよ。諦めなさい」

ほとんど苦労していないシュナが俺を諭《さと》す。世の中は不条理だ。

「クソ、せめてこいつの肉を持って帰るか」

「食べる気なの？」

「だって、考えてみれば牛肉だろう？」

「……一理ある」

俺はインフェルノブルの体を調べてみた。

「うわ、こいつ死んで焼肉になっているぞ！」

「ほんとだ。まあ、あれだけの炎を纏っていればねえ」

どういうわけか皮は焼けていないのに、切り口からのぞく肉はこんがりと焼けている。なんだかいい匂いまでしているぞ。なんというか……美味そうだ。

俺は肉を一切れ削いで口に入れた。

「よくそういうことができるわね……」

シュナは呆れているが、世の中には豚の丸焼きという料理もある。これは牛の丸焼きでスケールを大きくしただけだ。

「でもよ、極上のステーキの味だぜ」

「またまた……」

「いや、これでも王都でSランク冒険者をやっていたんだ。美味い店なんて飽きるほど行っているんだぞ。そんな都の名店にも負けない味だって」

俺がそこまで言うと、シュナもようやく一口食べた。

「本当だ！　たしかにこれはいける！」

「だろう？　よーし、全部持って帰るぞ」

俺はインフェルノブルの脚を掴んで引きずってみた。

「クソ重いな。シュナも手伝ってくれ」

「しょうがないなあ。ほら、行くわよ」

歩きながら俺は肉を削いでまた食べた。

「なにしてんのよ？」

「少しでも軽くしようと思って……モグモグ」

「ほんとバカ……」

たぶん六トンくらいはあったのだろう。

それでも、二人でなんとか引きずって帰った。


カフェに戻ってきちんと切り分け、肉を皿に盛りつけた。例によって塩は俺が振りかける。シュナにやらせるなどという愚行は犯さない。自覚があるのか、シュナもやろうとはしなかった。

「塩をかけると美味しさが一段と引き立つわね」

「ああ、コショウも欲しいところだ」

「ジン、もっと切ってよ。ロースとフィレ、あばらの部分も」

「おう、食え、食え！　俺も食う」

相変わらずやり方がわからないので、皮ごと適当に切って解体した。表面は大まかに切り取り、余った骨や内臓は折を見て迷宮に捨ててしまうことにする。ごみは迷宮の構造が変わるときに消えてしまうだろう。カフェをやめても産廃業者になれそうだが、こんな田舎じゃ需要はないか。

「ステーキランチをやったら、少しは客が来るかな？」

「値段次第じゃない？　これだけ美味しいんだから食べれば喜んでもらえるとは思うけど」

「よし、清水《きよみず》の舞台から飛び降りる気持ちで、ステーキランチ六〇〇ゲトだ！」

「キヨミズ……、どこよ、それ？」

「ん～、よく覚えてねえな……。舞台って言うくらいだから、どっかの劇場じゃね？」

やっぱり前世の記憶ははっきりしない。

「おーい、ジン」

扉を開けてポビックじいさんがやってきた。

「ポビックじいさん、いいところに来たな。ステーキを食っていかねえか？　カフェ・ダガール特製のインフェルノブルのステーキだぜ」

俺はステーキの塊をポビックじいさんに見せた。

「これがインフェルノブルのステーキだって？　いったいどこでこんなものを？」

「そいつは企業秘密ってやつだ」

ポビックじいさんは眉を八の字にして首をひねっている。

「しかし、どこの間抜けがこんな解体をしたんだろうな？」

「なにか問題でもあるのか？」

「インフェルノブルの皮といやあ、火炎無効の素材として超高額で取引されるんだぞ。それをこんなズタズタにしちまって……」

「そうなのか⁉」

「おめえ本当にSランク冒険者か？　知っていて当然だろうが」

シュナに脇腹を肘で小突かれてしまった。だがまあいい。俺が欲しいのは金ではないのだ。

じゃあなにが欲しいかと聞かれても困るのだが……。

まあ、今の生活は気に入っている。こんな日々が続けば人生は上々だろう。

そうそう、インフェルノブルを食べたせいなのかはわからないが、暑さが平気になった。それと、ステーキランチに釣られてくる客は一人もいなかった。安ければいいというものでもないらしい。

それから、残った肉は傷む前に村の人に分けた。そのおかげで俺の株が少しだけ上がった。

カフェの前途は多難かもしれないが、俺の人生はまあまあだった。

＊＊＊

吾輩はカフェ店主である。客はまだいない。

前世の文豪にちなんだ自虐ネタを考えながら、俺は黒板にメニューを書いていた。

メニュー
水　　　……二〇〇ゲト
氷水　　……二五〇ゲト
コーヒー　……三〇〇ゲト

今日も変わらぬカフェ・ダガールの鉄板メニューである。

今日こそお客が来るかもしれない。頼むから来てくれと俺は念じる。今のところ俺の収入はシュナの宿泊費だけだ。

金には困っていないが、これではまるでシュナのヒモではないか！　堕聖女に食わせてもらうなんて、俺のプライドが許さない。

そんな俺の願いが通じたのだろうか？　昼前に慌ただしく扉が開き、商人風の男が入ってきた。

まさか、ついにお客がやってきたのか⁉　俺は身を固くする。魔界の悪魔と対峙したときでもここまでの緊張はなかった。

「いらっしゃい……」

「すまないが、ここで休ませてもらえないだろうか？　仲間がサンドスコーピオンに刺されたんだ」

ふむ、客というわけではないようだ。だが、困ったときはお互い様だ。

「かまわないから連れてきてやんな」

サンドスコーピオンはゴーダ砂漠に住むサソリのことだ。魔物ではないのだが、その毒は強力である。場合によっては命を落とすこともあるほどなのだ。

「マスター、この辺に治癒師か医者はいないだろうか？」

マスターと呼ばれてつい顔がにやけてしまう。おいおい、カフェっぽくなってきたじゃねえか。

だが、困ったな。ダガール村に医者はいない……って、うちにはアイツがいるじゃないか！

「治癒師なら二階で寝ているぜ。目つきは悪いが腕は確かだ」

「ありがたい！」

俺は商人たちを三号室に案内した。

「シュナ、客だ！」

間が悪いとはこのことだ。勢いよく開けた扉の向こうには着替え中のシュナがいた。今日の下着はミントグリーンの上下ですか……。

「い……」

「い……？」

「インペリアルファイヤァアアアアアア！」

一点に収束する魔力が紅蓮の炎を解き放つ前に俺は前に出た。

「魔流環《まりゅうかん》！」

魔剣ヒュードルの柄を前に出し、そこから俺の魔力をシュナにぶつける。シュナの魔力波はこれにより乱れ、魔法の発動に齟齬《そご》が生じた。

言ってみれば一種のジャミングであり、対魔法戦闘における俺の奥の手でもあった。

俺はそのまま高速で踏み込み、床に頭をつけた。いわゆる、ダイビング土下座である。

「すみませんでしたぁあああああ！」

「…………」

「だが聞いてくれ。急患が来ているんだ。サンドスコーピオンに刺されてひどい状態なんだ。至急診てやってくれ！」

「わかった……。わかったから、さっさと部屋から出ていけぇえええええ！」

「おう！」

廊下に出ると商人たちは心配そうにこちらを窺っていた。

「安心しな、診てくれるそうだから」

「なんかすみません、俺たちのせいで……」

「いいってことよ。相手が強力すぎて魔力の半分を失っただけだ。じゃあ俺は下にいるから」

みんなを二階に残して店に戻った。

しばらくすると、シュナと一緒に商人たちが戻ってきた。サソリに刺されてぐったりしていた男もすっかり元気を取り戻している。

「先生のおかげですっかりよくなりました。ありがとうございます」

「うん……」

「それで、治療費はいかほどでしょうか？」

「……じゃあ、六千ゲト」

標準的な値段だ。とくにボッタクリということもないので商人たちも喜んでいる。金を受け取ったシュナがそれをそのままこちらに渡してきた。

「ん、宿泊費」

迷宮探索を手伝ってもらっているので金はもういらないと言ったのだが、シュナは宿泊費を払い続けている。それがシュナの流儀らしい。

俺としてはヒモのようで嫌なのだが、シュナは頑として受け付けない。

「治療に時間がかかったな。シュナだったら一瞬で治せるだろう？」

「わかってないなあ。それだとありがたみがないでしょう？　治療には演出も大事なの。それに、噂が立っても困るのよ」

そういえばこいつは家出娘だったな。そろそろ詳しい話を聞いてもいい頃合いか。

「シュナはガーナ神殿から来たんだな？」

「お察しのとおりよ」

ガーナ神殿は聖女の育成機関だ。聖女というのは神殿のシンボル的存在で、教皇について全国を旅してまわる。慈愛の神ユーラの化身であり、アイドル的な存在でもあった。

シェナがアイドルねぇ……。ぜんぜん似合わねぇ！　それに気苦労も多そうだ。こいつが逃げ出すのも無理はないか……。

「シュナも苦労しているんだな」

「そういうことよ」

二人で話していたら商人たちが声をかけてきた。

「マスター、一息つきたいのでコーヒーをくれ。三人前だ」

「え……」


コーヒーをくれ、コーヒーをくれ、コーヒーをくれ……。

どこからか幻聴が聞こえる……。

「しっかりしなさい、バカ！　ジンはカフェの店主でしょ！」

そうだった！

ついにこのときがやってきたか。初めての客、初めてのオーダー、まさに感無量だ。

「オーダー入ります。コ、コーヒー三つ……グスッ」

「この人、なんで泣いているんだ？」

「気にしないで、ただのバカだから」

俺は真心を込めてコーヒーを淹れた。迷宮で手に入れたレシピにしたがって、豆と水の分量を量り、温度も計測する。じいさんの代から使っている細口のポットで湯を注ぐと店の中にふくよかな香りが広がった。

「ど、どうぞ」

商人たちはカップを手に取って口をつけ、俺とシュナはその一挙手一投足を見守った。

「そんなに見られると飲みにくいんだけどな」

「これは失礼」

気を紛らわすために俺はコーヒーサーバーを洗った。頼みもしないのにシュナはそれを拭いていく。きっとシュナも緊張しているのだろう。やがてコーヒーを飲み終わった商人たちが席を立った。

「ごちそうさん、美味しかったよ」

「あ、ありがとうございました！」

ドアベルを鳴らして商人たちは去っていった。俺とシュナはカウンターに並べられた九〇〇ゲトを見つめて感慨に耽《ふけ》る。

「美味しかったってよ！」

「やっぱり私はなにをやらせても才能があるのね」

「シュナはなにもしてねえだろう？」

「コーヒーサーバーを拭いたじゃない！」

「そういえばそうか」

うん、マイナス24なのによく割らなかったな。カフェ・ダガールはついに初めての客を迎えたぞ。手応えはじゅうぶんだ。この調子で繁盛させるぜ！


悲しいことに客は続かなかった。シュナが治療した商人たちが帰ってから、他に来店する客はなかったのだ。繁盛店への道のりは長く険しい。

仕方がないので掃除をしたり、建物を修繕したりして過ごした。カフェのペンキを塗り直せばお客は来るだろうか？　人は見た目を重視する。初手《しょて》においては中身より見栄えの方が大事なのだろう。

「ジン、早く迷宮へ行こうよ。どうせお客さんなんて来ないって」

退屈した聖女のなり損ないがなにか言っている。だが、悔しいがシュナの言うとおりなのかもしれない。窓から外を眺めても街道に人の姿は皆無だ。今日はもう店じまいするしかないだろう。せめて迷宮で頑張って、カフェの備品や食料を充実させるとしよう。

迷宮レベル：12
迷宮タイプ：神殿

石板を確認したシュナは肩をすくめた。

「微妙なレベルね。どうする、入り直してレベル24にする？」

「めんどうだからこれでいいや」

危険な迷宮攻略をやりたい気分じゃない。ちょっと役に立つものが出てくれればそれでじゅうぶんだ。一〇〇円ショップに来たぐらいの感覚で、俺は迷宮の回廊を進んだ。

何度か入ったことにより、この迷宮の傾向が少しわかってきた。迷宮タイプ「荒野」は動物系の魔物が多く、「森」は植物系の魔物が多い。どちらも可食の魔物が出没するので、食材探しをするのならこのどちらかだろう。

今回の神殿タイプは精霊系のモンスターが多いようだ。そしてここの魔物は「レシピ」をドロップすることがわかった。

討ち取ったばかりのエンゼルスネークが消滅すると、代わりにスクロールが現れたのだ。精霊系の魔物は死ぬと体が消えることが多いのも特徴である。

シュナがレシピを広げている。

「スライムタピオカの作り方だって」

「まさか、スライムを原料にするのか？」

「うん、青いスライムを使うって書いてあるよ」

世の中にはまだまだ俺の知らない可食魔物がいるのだなあ。

この他にも「レッドボアの脂身入りプディング」とか「キングオクトパスの墨袋のフライ」なんてレシピがドロップされた。

もっとも、レシピがあっても材料がなければ料理は作れない。今後は素材調達も考えていかなければならないだろう。

「これからはスライムを見ても火炎系の魔法は禁止だからな」

「なんでよ？」

「焼いたらタピオカ状にならないんだってよ」

「ふーん、じゃあどうするの？」

「凍らせるんだ。一度凍らせせないと弾力が出ないと書いてある」

「それなら任せておいて、『エグザスの氷の微笑』が使えるから」

エグザスは死を告げる天使だ。その微笑みを見た者は心臓が凍ってしまうと言われている。

シュナにかかればスライムの氷漬けなど造作もないことだろう。

「あと、キングオクトパスを狩るときは墨袋を破かないように注意だぞ。フライにできなくなるからな」

「そのへんはジンに任せる。どうせ、タコ焼きにしてもダメなんでしょう？」

レシピには火を入れることも禁止と書いてある。熱を加えるのは、あくまでもフライにするときだけらしい。だとすれば俺の出番だろう。

話しながら歩いていると、神殿の奥に到着した。からっぽの礼拝堂で揺れているのはこの迷宮のボスである。幽霊みたいに陰気だが、背中には立派な翼を生やしていた。

「あれは天使か？」

「正確に言うと階級の低い堕天使ね。おそらく第七以下よ」

天界も階級に縛られるとは、窮屈なのはどこへ行っても変わらないようだ。堕天使にも頭の上のリングがあったが錆びた鉄のような風合いで、なんだかうら寂しい感じがした。

「戦いはジンに任せるわ」

「おいおい、少しは手伝えよ」

「神聖魔法には攻撃呪文が少ないの。天使系に浄化の炎は効果が弱いし」

大天使ネクソルの炎、炎帝フドウのインペリアルファイヤー、告死天使エグザスの氷の微笑、俺が知っているだけでも三つはあるぞ。これを少ないというのだろうか？

「それに、堕天使ってなんとなくシンパシーを感じるのよね。私も神様とか神殿とかは苦手だから……」

「さすがは堕聖女」

「私のことを聖女って呼ぶなって言ってんだろっ！」

シュナの指先から紫電《しでん》が迸り、危険を感じた俺は秘奥義《ひおうぎ》である無影脚をつかって回避した。

「くおらっ、シュナァ！　死んだらどうすんだよっ！」

「蘇生魔法に決まってんでしょっ！」

「だったらいいか……。いいや、よくないっ！　だいたい攻撃魔法のレパートリーは少ないんじゃなかったのかよ！　シレッと新技を見せてんじゃねえ！」

「アンタこそ『審判の雷』を目視で避けるな。この非常識！」

少しかわいそうだったが、堕天使は審判の雷の余波をくらって消滅していた。レベル12の迷宮のボスだから、それほど強い魔物ではなかったのだろう。

いつものように祭壇が現れ、そこには天使の石像が立っている。きっと悔しかったんだろうな、堕天使の石像は泣き顔だった。

「さて、宝箱にはなにが入っているかな？」

開けてみると色とりどりの砂糖の粒が入ったガラスジャーだった。蓋は鈍い銀色で、見た目からしてなかなかすてきだ。しかも砂糖はすべてティアドロップの形をしている。

天使の涙：コーヒーや紅茶に入れると美味しくなる砂糖

これはいい、さっそく店で使うとしよう。また一歩、カフェ・ダガールはお洒落なカフェに近づくのであった。

第三話　一流シェフがやってきた

俺とシュナは転がるようにカフェまで駆け戻ってきた。今朝は早くから迷宮に行ってきたのだが、レベル６の荒野タイプで青いスライムを三匹も捕獲したからだ。

青スライムがあればスライムタピオカが作れる。そういったわけで、俺たちの興奮は最高潮だった。

「タピオカってどんな味かな？」

「プルプルのもちもちだぜ！」

「まったく想像がつかないわ」

「楽しみにしてろって！」

さっそくタピオカミルクティーを作ってみよう。紅茶とミルクはヘロッズ食料品店で売っているので材料には困らない。

ただ、ミルクには懸念が残る。砂漠のミルクといえばラクダの乳だからだ。牛は暑いのが苦手だから、この辺には一頭もいない。ラクダ乳はクセが強いからなあ……。

だが、悲観することもないか。牛乳と比べるとラクダの乳は少しだけしょっぱく感じるのだが、栄養価は非常に高い。砂漠を旅する者たちは、これだけで一カ月間を凌《しの》ぐこともあるほどだ。紅茶を濃く煮出して、天使の涙を入れればきっと美味しくなるだろう。

材料をすべてそろえると俺はキッチンに立った。

「まずはミルクティーを作っていこう」

「どうするの？」

「小鍋にミルクを入れ、そこに茶葉も投入する。おっと、シュナは手を出すなよ」

「少しはやらせてよ！」

下手の横好きとはこのことだ。料理レベルがマイナス24のくせにシュナはなにかと手を出したがる。

「カフェの店主は俺だぜ。シュナはお客さんだ」

「まあ、そうだけど……」

「ここは俺に任せてくれ」

「わかった……」

白いミルクに紅茶の色が溶け出してきた。沸騰させないように気をつけながら茶葉を煮出していく。濃いめのミルクティーに砂糖を入れて完成だ。

「一口だけ味見をしておくか」

「私にもちょうだい」

一口ずつ飲んで、俺たちは頷き合った。ラクダミルクティーは完璧だったのだ。これだけで店のメニューに加えてもいいくらいである。

ミルクティーはそのまま冷ましておき、次はいよいよタピオカを作っていくぞ。俺はもう一度レシピを確認した。

「えーと……、凍らせた青スライムをキッチンボードの上に置き、一秒間に十六回ナイフでたたいていきます、か……。ふむ、それだけでいいらしい」

このスピード以下だと、スライムが潰れてベチョベチョになってしまうようだ。スピードを落とさず、リズムよく切っていくことがコツと書いてある。

「あら、簡単じゃない。私でもできそうね」

「まあまあまあまあ、シュナは座って見ていてくれ」

「もぉ……」

やりたがるシュナをなんとか宥《なだ》め、ナイフを片手にスライムを切っていく。包丁修業をしたことはないが、俺は今でも剣士である。刃物の扱いはプロなのだ。


タタタタタタタタタタタタタタタタタンッ！

タタタタタタタタタタタタタタタタタンッ！

タタタタタタタタタタタタタタタタタンッ！

ナイフは小気味よいビートを刻み、スライムはどんどん細かくなっていく。細かくなったスライムが丸みを帯びてきたぞ。それにともなって、青かったスライムが黒く変色してきた。見た目は前世の記憶の中のタピオカと同じだ。

「なるほど、こうやって作るのか」

タタタタタタタタタタタタタタタンッ！

タタタタタタタタタタタタタタタンッ！

タタタタタタタタタタタタタタタンッ！

「私にもやらせて！」

「順番！」

レシピに書いてあったとおり、出来上がったタピオカスライムを冷水にさらした。先ほどのミルクティーを氷冷魔法でさらに冷やす。

最後に水気を切ったスライムタピオカをミルクティーに入れれば、スライムタピオカミルクティーの完成だ。

「それでは」

「飲んでみましょう」

ストローはないのでスプーンを使ってスープのように食べることにした。

「美味しいじゃない！　もちもちした食感ってこういうことだったのね」

「ミルクティーとの相性もばっちりだな。これなら客に出しても恥ずかしくない」

「そうしなさい。ジンが作ったとは思えないほど美味しいから」

シュナなりの誉め言葉と受け取っておこう。俺はさっそく、メニューに書きつける。


スライムタピオカミルクティー　……七〇〇ゲト

「他にはない、カフェ・ダガールのオリジナルメニューだ」

「まあ、一秒間に十六回スライムを刻める料理人はなかなかいないよね。そういう意味でオリジナルメニューと言っていいかもしれないわ」

メニューを書き終わったところで表に人の気配がした。どうやら久しぶりにお客が来たらしい。

俺は鏡で自分の顔を確かめる。客商売というのは笑顔が大事なのだ。少々ひきつってはいたが、鏡の中の青年は爽やかに微笑んでいる。

「それ、笑顔のつもり？　迫力がありすぎてドラゴンでもちびるわよ……」

堕聖女の悪口なんて聞こえない。俺は思いっきり優しい声でお客さんを迎えた。

「いらっしゃいませ、カフェ・ダガールへようこそ！」

なんだか尊大な態度の男が扉を開けて入ってきた。


それは三十代前半くらいの男だった。藍色の髪を後ろで一つにまとめている。整った顔立ち、自信に溢れた所作、鼻につく傲慢さなどを兼ね備えた男だ。ご丁寧に腰ぎんちゃくを二人も連れている。

どこかの貴族のようにも見えるが、身に纏う雰囲気はまた別物だ。奴らのような退廃的な雰囲気はない。

着ているものにもそれは表れている。高そうな布だが、簡素で動きやすそうな服装だ。あれは料理人の着る服だろうか？　不遜な態度の中にも勤勉さがにじみ出ていた。

「汚い店だなあ……」

男は入ってくるなり言い放つ。

「ほらあ、シュナのせいで文句を言われたぞ」

「なに言ってんの？　店主はジンでしょ！　掃除くらいしなさいよ」

「汚い方が落ち着くって言ったのはシュナだろう？」

「だってそうなんだもん！　私だって客よ。客のリクエストを聞くのは店主の務めじゃない」

「シュナは半分居候じゃねえか。掃除くらい手伝え」

「この店では客をこき使うの？」

俺たちのやり取りをあっけに取られて見ていた男だったが、やがてイライラとした声を上げた。

「おい、客の前でいちゃつくな！」

「あっ？」

「死にたいの？」

「ヒッ……」

しまった、つい睨んじまったぜ。殺気すら出してしまったかもしれない。三人の客は俺とシュナに怯えて震えている。

こんなことではイカン！　俺が目指しているのは居心地のいいカフェなのだ。猛省して笑顔を作った。

「いやいや、失礼しました。なんになさいますか？」

俺はメニューを指し示す。

メニュー

水　……二〇〇ゲト
氷水　……二五〇ゲト
コーヒー　……三〇〇ゲト
ハチミツ水　……五〇〇ゲト
スライムタピオカミルクティー　……七〇〇ゲト

こうして見ると感慨深いな。はじめは水と氷水しかなかったからなあ……。

「あ、ラクダミルクティーもできますよ」

男はメニューを見てため息をつく。

「ろくなものがないな」

「まったくです」

「まあまあドガ様、こんな辺境ですから仕方がありませんよ。ウチの店のようにはいきませんって」

ん、こいつらは同業者か？　つまり敵情視察というやつだな。くくく、おもしろい……。美味いものを作って度肝を抜いてやるぜ！

　ドガと呼ばれた男が質問してきた。

「このスライムタピオカというのはなんだ？　聞いたことがない」

　やはりそいつに目を付けたか。タピオカはうちの看板メニュー《スペシャリテ》だぜ。

「飲んでみてください。説明するのは面倒なんで」

「説明できんのかい！」

　いつもの表情でシュナが肩をすくめる。

「こいつ、バカなの。でも、味は悪くないよ」

　呆れつつもドガたちはスライムタピオカミルクティーを三つ注文した。

　タピオカは先ほど作ったものがまだあったのでミルクティーだけを作り直した。二回目だけあって、さっきよりずっと手際《てぎわ》がよい。俺にはカフェの才能があるのかもしれないと嬉しくなってくる。

　さっきは少しだけ甘さが足りなかったように思える。ミルクティーは冷めると甘みが少し消えてしまうのだ。天使の涙を一粒多くしてみよう。

　濃いめのミルクティーができたら氷冷魔法で冷やしていく。どれ、味見を……。ティースプーンを口に運び味を確かめた。うむ、完璧だ！

「お待たせいたしました。スライムタピオカミルクティーでございまっす」

気取った態度でグラスを三つ並べた。

「これがスライムタピオカか……」

ドガは不審物を扱うようにタピオカをスプーンでつついている。予想外の飲み物（食べ物？）が出てきて驚いているようだ。

だがこいつも料理人、食品への探求心は人一倍あるようだ。覚悟を決めたような表情でタピオカを口に運んだ。

一口食べたドガがあきらかに意外そうな顔をした。三人は額をつき合わせてこそこそと話し合っている。

「食べたことのない食感だ」

「素材はなんでしょう？」

「ゼリーとももまた違いますな」

どうやら考えていたよりずっとタピオカが美味かったようだ。よしよし、俺は鍋でも洗うとするか。

「おーい、シュナ。洗い物を手伝ってくれよ」

「なんで私が？　私は客よ」

「さっき、タピオカミルクティーを飲ませてやっただろう？」

「スライムを凍らせたのは私じゃない」

「シュナが必要以上に凍らせたからたいへんだったんだぞ。そのわびとして皿を洗ってくれ」

「ふん、魔法は下手なくせに言うことだけは一人前ね」

「なんだと……」

飲み終わったドガがスプーンを置いた。

「ふーん、悪くないね。この私が褒めるんだからたいしたもんだよ」

偉そうになんか喋っているけど、こっちはそれどころじゃない。売り言葉に買い言葉で、くだらないバトルがヒートアップ中である。

「あんたも氷の微笑を喰らいたいわけ？」

人を小バカにしたシュナの態度にカチンときた。

「うすのろ聖女の攻撃が当たると思うなよ」

「私を聖女と呼ぶなって言ってんだろがっ！　この、バカジン」

「誰がバカジンだ？　そっちこそ、人をバカボンみたいに呼ぶんじゃねえ！」

「バカボンって誰よ？」

「憶えてねえよ！」

前世の記憶は曖昧なのだぁ。

「私の話を聞かんかぁああ！」

無視されたドガが大声を出し、俺とシュナは落ち着きを取り戻した。

「おっとどうしたい？　タピオカのお代わりかい？」

「騒々しいお客ね……」

「き、貴様らぁ……」

ドガは言葉を失ってプルプルと震えている。なんだかスライムみたいで笑えるけど、一緒にいた男が真っ赤になって抗議してきたぞ。

「お前たち、失礼だぞ！　こちらはドガ・ザッケローニ様、お前たちも天才料理人ドガの名前くらい知っているだろう？」

「いや、ぜんぜん」

「初耳ね」

「おいおい本気か？　レストラン・ゴージャスモンモランシーのオーナーシェフ、ドガ・ザッケローニ様だぞ？」

やっぱり聞いたことがないなあ。

「で、そのゴーモンレストランのシェフが、どうしてこんな辺境に？」

「ゴージャスモンモランシーだ！　勝手に略すな！」

ドガは大きく深呼吸をした。

「レッドムーン王国の王族に請われて料理を作りに行くところだ」

レッドムーンはゴーダ砂漠を越えたところにある国である。

「へー、外国まで出張かあ。あんたも苦労しているんだな」

「私の料理を食べたがる人は世界中にいるからな」

「だったら、俺にもなんか作ってくれよ」

「私は肉料理がいいな」

気軽に頼む俺たちに三人は怒りをあらわにした。

「バカなことを言うな。ザッケローニ様の出張料理は一千万ゲトだぞ」

「おお！」

こいつは本当に一流の料理人なのかもしれない。少なくとも、その価値を認めて金を払う人間は存在するようだ。

ドガはこちらを真剣な目で見つめてきた。

「ところで、このタピオカというのはどうやって作るんだい？　教えてくれないかな？　もちろんただでとは言わない。代わりに私のスペシャルレシピを伝授してもいい」

それくらいならお安い御用だ。俺はレシピを秘匿するような小さな男ではない。美味いものは世界に広まって、みんなの口に入ればいいのだ。そうやって幸福は広がっていくと信じている。

「おう、いいぜ！」

凍ったスライムを引っ張り出してキッチンボードの上に置いた。

「タピオカの材料はこの青スライムだ。まずはこいつをマイナス六十度以下で凍らせるんだ」

「マ、マイナス六十度⁉」

「そうそう、普通の氷冷魔法じゃダメだから、最低でも強力なダイヤモンドダスト、できればブリザーデスを使って凍らせてくれ」

「ダイヤモンドダスト……」

「ウチでは告死天使の氷の微笑を使っているんだ。ああ、極大氷冷魔法《アブソリュートゼロ》までは必要ないから安心してくれ！」


不安そうにしているドガを励ましてやった。カフェ店主なるもの、客への気遣いを忘れてはならない。

「そしたらあとは簡単。こうして一秒間に十六回のスピードで刻んでいくだけだ」


タタタタタタタタタタタタタタタタンッ！

タタタタタタタタタタタタタタタタンッ！

タタタタタタタタタタタタタタタタンッ！

タタタタタタタタタタタタタタタタンッ！

わかりやすいように実演してやった。

「凍らせて刻むだけ、簡単だろ？　ただ十五回以下だと粒状にならないし、弾力も出ないから気をつけてくれよ」

どういうわけかドガの顔がスライムよりも青くなっていた。

「あとは水で洗って出来上がりだ。って、具合が悪そうだが大丈夫か？」

やおらドガは財布を取り出して二千一〇〇ゲトをカウンターの上に置いた。

「失礼する……」

トイレにでも行きたくなってしまったのだろうか？　ドガは出ていってしまった。

「まいどあり！　あ……あいつのレシピを教えてもらうのを忘れちまったぜ」

「まあいいじゃない。どうせジンには真似できないわよ」

それもそうか。俺は一千万ゲトの料理を作れるシェフではない。砂漠でカフェをやるくらいがちょうどいい料理人なのだ。

＊＊＊

新しいタイプの迷宮が出現した。

迷宮レベル：62
迷宮タイプ：墓地

黒い鉄柵で囲まれた陰気な墓地である。墓石は崩れ、道は荒れ、供えられた花は枯れている。

「嫌な感じの場所ね」

シュナは眉間にしわを寄せて顔をしかめている。俺もこういう陰気な場所は嫌いだ。墓石の間にうち捨てられたボロボロのクマのぬいぐるみが気分を滅入らせる。こんなところにカフェで役立つものがあるのだろうか？

出てくる魔物はおそらくアンデッドだろう。荒野の魔物のように食材になる奴らじゃない。シュナと違って好き嫌いのない俺だが、人型二足歩行系とアンデッド系の魔物だけは食いたくなかった。

「ジン、来たわよ」

現れた魔物はゾンビの群れだった。迷宮レベルが62というだけあって、その数は半端じゃない。およそ千体以上のゾンビがこちらに向かってうめき声を上げている。一体一体の動きは鈍いが、あれだけの数を相手にするのは苦労するだろう。

だが、こちらにいるのは対アンデッドの本職である。

「ほれ、神聖魔法で消滅させてやれ。薙《な》ぎ払え！」

「偉そうに命令しないでよ！」

文句を言いつつもシュナは浄化の炎でゾンビどもを焼き尽くした。さすがはプロフェッショナルだ。俺でも討伐は可能だろうが、職人の手際には敵わない。

することもないので、俺は墓石に座ってのんびりとシュナの活躍を見物している。おー、おー、頑張っているねぇ……。

シュナの戦っている姿は美しいけど、聖女には見えないな。どちらかといえば戦女神《いくさめがみ》と表現した方が似つかわしい。笑いながら炎を振りまく姿は地獄の悪魔に見えなくもない……。

「ぼんやり見ていないで手伝いなさいよ！」

「おう、頑張れ。ここで応援しているぞ」

不機嫌なシュナに手を振り、俺は墓穴をのぞいてみる。穴に残されているのは亡者たちの執着の欠片だ。

金銭欲の強かった者の穴には古い銅貨（なんの価値もない）。性欲の強かった者の穴には古ぼけたポルノグラフィー。食欲の強かった者の穴には動物の骨なんかが散らばっている。

「因果だねぇ……」

感慨に耽っていると、再びシュナに怒鳴られた。

「ちょっと、いい加減にして！」

いつの間にかボスが現れたようだ。シュナは巨大なスケルトンを相手に戦っている。きっと巨人族の亡者だろう。背の高さは六メートルくらいある。

巨人族には魔法が効きにくいという特性がある。それは亡者になっても変わらないようだ。腰に酒瓶をぶら下げているところを見ると、こいつは酒に対する執着が強いのだろう。やけに大きな酒瓶で、前世で見た四リットルの焼酎ボトルの倍以上ありそうだ。そもそも巨人族は酒好きが多いのだ。

このスケルトンは剣を装備しているが、いい動きをしていやがる。シュナが相手でも一歩も引かず、互角に渡り合っているところが見事だ。魔法を使わせないように近接戦闘に持ち込んでいるところに戦闘上手がうかがえた。

「ボスは俺がやる。シュナは残りのゾンビを頼む！」

「さっさとそうしろよ！」

ヒュードルを打ち込むと、スケルトンは大剣ではじき返してきた。手がジンジンと痺れるくらいに強力な撃ち返しだ。

「やるねえ。生きているときはさぞや名のある戦士だったんだろうなあ……」

相手が剣士というのなら余計に負けられない気がした。全身に魔力をみなぎらせて高速で踏み込みつつ、剣を返して手首の付け根を叩き切った。

骨が砕け、スケルトンの大剣が地面に落ちていく。だが俺の攻撃はまだ終わらない。奴の大剣が地面に追突する前に、返す刀で頭蓋骨を粉砕した。

「みごと……」

スケルトンの声が聞こえた気がした。崩れ落ちた巨人族の骨は粉々になって大地に散らばり、巨大な酒瓶だけが残される。改めて見ると、藍、赤、黄などの顔料で染め付けられた唐草模様が美しい酒瓶だった。

シュナの方も終わったらしい。いつものように祭壇が現れ、宝箱が出現した。シュナが宝箱に入っていた羊皮紙を読んでいる。

「ジン、どこかにお酒があるはずよ。ネクタルって名前の銘酒なんだって」

「酒ならここにあるぜ」

蓋を開けて匂いを嗅いでみると、不思議な気分になった。芳醇にして爽やかなのだ。

「ストレート、水割り、ロック、ジュースなどで割ってもよい。どんな飲み方でもうまい酒である、って書いてあるわよ」

「カフェのメニューが増えるのはいいけど、また飲み物だな」

「安心して、ここにマチェドニアって食べ物の作り方が書いてある」

「なんだと！」

マチェドニアはカットしたフルーツを砂糖とネクタルであえた食べ物だ。

「お洒落でいい感じだが、ダガールにフルーツなんてないぞ？」

「ヘロッズ食料品店には置いてないわね」

砂漠でフルーツは超がつくほどの高級品なのだ。

「森タイプの迷宮で探すしかねえか……」

「さあ、帰ってお酒の味見をしましょう」

シュナはサッサと歩き出す。

「おい、持つのを手伝ってくれよ」

「ダメ、今日のジンはさぼってばかりだったもん」

「やれやれ……」

立ち去る前に、砕け散った巨人の骨にネクタルを少しだけかけた。

「こいつはありがたくいただいていくぜ」

俺は重い酒瓶を両腕で抱え上げ、墓場の道を引き返した。


カフェ・ダガールにも常連客ができた。配達のついでにさぼっていくポビックじいさんとその友だち連中だ。ジジイどもの目当てはネクタルである。ネクタルの水割りが美味くて、じいさんたちは毎日のように来ているのだ。

「天国の味とはまさにこれよ！」

ポビックじいさんが機嫌よく飲んでいるのはネクタルの水割りだ。レシピどおり五〇ミリリットルのネクタルに対して一五〇ミリリットルの水で割っている。それなのに味は濃厚、香りは芳醇、しかも心地よい陶酔まで得られというのだから不思議である。

危ない薬でも入っているんじゃないかと心配になるほどだぞ。じいさんたちは二日とあけずにやって来るけど、本当に大丈夫か？　今のところ中毒や禁断症状はないみたいだが……。

このネクタルだが、カフェ・ダガールでは一杯八〇〇ゲトで提供している。

「なにかつまみになるものはないのか？　このカフェは飲み物しかないな」

「うむ、わしもなにか食べたい」

じいさんたちが文句を言っている。食べるものねえ……。タピオカでは酒に合わないし、アボカドトーストは欠品中だ。残っているのはパンだけである。

「パンならあるぞ。ポビックじいさんが持ってきたやつ」

「ただのパンなど食い飽きているからなあ……」

ヘロッズ食料品店のパンは孫娘のマイネが焼いているそうだ。砂漠のパン焼きはちょっと特殊だ。専用の窯などはない。焼いた炭を砂の上に広げ、中央に窪みを作り、そこでパンを焼くのだ。

「ナッツでもなんでもいい。他にないのか？」

「そうよ、そうよ！」

じいさんたちとネクタルを飲んでいたシュナまで文句を言ってくる。そんなことを言われても、うちにある食材はパンくらいだ。あとは、魔物からもぎ取ったニンニクくらいのもの……。

「そうか、あれなら！」

思い出したのはガーリックトーストの存在だ。バターはないけどオリーブオイルは買ってある。似たようなものなら俺でも作れるかもしれない。

「ちょっと待っていてくれ」

パンに切ったニンニクをたっぷりこすりつけて、オリーブオイルを塗って、火炎魔法でこんがりと焼いた。

「しょぼい火炎ね。もっと盛大に燃やしなさいよ」

「酔っ払いのマイナス24は黙ってろ！」

仕上げに岩塩をふって完成だ。

「お待ちどうさま。ガーリックトースト、カフェ・ダガール風だぜ」

じいさんたちやシュナの反応はよかった。

「美味しいじゃない。ちょっとだけ見直してあげるわ」

「うむ、悪くない。食い飽きたはずのパンがいいつまみになっとるわい」

よしよし、さっそくメニューに加えてしまおう。

ガーリックトースト　……三〇〇ゲト

メニューを書いていると外にキャラバンが到着した。新たな客がやってきたか？

窓から外をのぞくと知った顔がそこにあった。店に入ったのは一流の料理人だ。前に来たときはレッドムーン王国に行くと言っていたから、その帰り道なのだろう。

「よお、ゴーモンのダラじゃねえか」

「ゴージャスモンモランシーのドガだ！」

そうそう、それだ。どこかにある高級レストランらしい。

「よく来たな。入ってコーヒーでも淹れてってくれよ」

「客を顎で使うな！」

相変わらず不機嫌そうにしているなあ。

「そうだ、思い出したぞ。おまえ、レシピを教えてくれなかっただろ！」

「なっ！」

「タピオカの作り方を教えたら、お礼にスペシャルレシピを教えてくれるって言ったろ？　それなのに帰っちまいやがって」

「あんなもの作れるわけがないじゃないか！　なにがマイナス六十度以下で冷凍だ！　どう

やったら一秒間に十六回も刻めるんだよ！」

シュナが指先から冷気を迸らせる。

「こうするのよ」

俺も見本を見せてやる。

タタタタタタタタタタタタタタタンッ！

「こうするんだぞ」

「できないよ！　できるわけがないじゃないかぁあああ！」

ドガはなにを興奮しているんだ？

「おい落ち着けって、なんか飲んでいくか？」

俺はメニューを指し示した。

メニュー
水　……二〇〇ゲト
氷水　……二五〇ゲト
コーヒー　……三〇〇ゲト

ハチミツ水　……五〇〇ゲト
スライムタピオカミルクティー　……七〇〇ゲト（欠品中）
ネクタル　……八〇〇ゲト
ガーリックトースト　……三〇〇ゲト

「スライムタピオカミルクティーはないのか？」

「青いスライムが見つからないんだよ。緑や赤だとどうしても上手くいかないんだ」

「ネクタルというのが増えたようだが」

「飲んでみるか？　成層圏まで飛べるぞ」

「セイソウケン？」

「なんでもない……」

異世界人は成層圏を知らない。俺だってどれくらいの高さにあるかまでは知らない。名前を憶えているだけだ。

「よくわからんが、小さいグラスでもらおう」

「ストレートだな」

俺はきっちり五〇ミリリットルを量って小さなグラスで提供する。

「本当に美味いんだろうな？」

「カフェ・ダガールに入ったら常識なんて捨てちまいな」

「偉そうに……」

ぶつくさ言っていたドガだったが、ネクタルの香りを嗅いだだけで衝撃を受けていた。

「これは！」

震える指でグラスを口に運び、慎重にその味を確かめている。いいぞ、いいぞ。さあ、驚け。その香りに、味に！

ネクタルを飲み下したドガが椅子から飛び上がった。

「なんだ、これは!?」

「成層圏を突き抜けて月まで行っちまったかい？」

この世界の月は二つある。マナールとカナールだ。伝承では双子の女神が住んでいるそうだがドガはどっちまで飛んだのだろう？

「これをどこで手に入れた？」

「とある迷宮の奥地さ。並のチームじゃたどり着けない場所だ」

嘘は言っていない。言っちゃあなんだが、戦闘力のみの比較ならSランクチーム・キングダムより俺とシュナのペアの方がはるかに強力なのだ。

「金ならいくらでも払う、ネクタルを譲ってくれ！　あるだけ頼む！」

必死に頼むドガの横でシュナとじいさんたちが首を横に振っていた。

自分たちの飲む分が減るのは嫌なようだ。

「すまねえな、常連たちが許してくれそうもないや」

ドガはがっくりと肩を落とした。

「ところであの荷物はなんだ？」

窓からはドガたちの乗ってきたラクダが見えている。行くときにはなかった大量の荷物がラクダには積まれていた。

「レッドムーンの国王陛下からいただいたお土産だ」

さすがは一流シェフだけはある。王様からお土産をもらえるとはな。

「高級な布とか、めずらしい果物とかをいただいたよ」

「果物だと！」

「私が買い求めたものも交じっているが、それがどうした？」

果物があればマチェドニアが作れるじゃないか！　店で出すことはできないだろうが、ずっと食べてみたいと思っていたのだ。俺はドガにマチェドニアのレシピを見せた。

「こいつを食べてみたいんだ。ドガ、果物を分けてくれないか？」

「……いいだろう。タピオカの作り方を教えてもらった恩義もある。特別に私が作ってやろうじゃないか」

「おお！　お前、性格の悪そうな顔をしているのに本当はいいやつなんだな！」

「失礼なことを言うな！」

ドガは手持ちの果物から相性のよさそうなものを選んだ。イチゴ、スイカ、メロン、チェリーなど、数々のフルーツが選び出されたぞ。

ドガは種やヘタを取り、丁寧に下処理をして、ボウルに入れていく。

「砂糖はこれを使ってくれ。ハチミツならここにある」

天使の涙を砕いたものとキラービーのハチミツを差し出した。ドガは指の先にそれらを載せて味を確かめる。

「まったく、この店の素材はどうなっているのだ？　こんないいものをどこで見つけた？」

「迷宮の奥地だよ。俺は元冒険者だ」

「なるほど……」

ドガの料理はよどみなく続いていく。頭の中でやることを組み立てつつ動いているのだろう。その動きは流麗《りゅうれい》でさえある。一流シェフと呼ばれるだけのことはある。

「よし、できたぞ」

盛り付けも完璧だった。

「美味そうだな、おい！　さっそくいただこうぜ」

ドガはシュナやじいさんたちの分までマチェドニアを作ってくれていた。やっぱり悪い奴で

はないようだ。態度は少々鼻につくけどな。

「………」

誰も言葉を発することができないくらい美味かった。こんな美味いスイーツは初めてだ。ドガの料理は、芸術の域にまで高められている。

「ドガ、お前をなめていたよ。一流シェフはこんな美味いものが作れるんだな」

「たしかに私の腕もあるが、ネクタルや砂糖の力が大きいのだ。この酒はとんでもない逸品だぞ。王侯貴族ならボトル一本に五〇〇万ゲトだって支払うかもしれない。それくらいすごい酒なんだ」

前世の記憶にもあるな。一本のワインにとんでもない値段がついたというニュースを読んだことがある。例えば、ロマネコンコンチャン……？　なんだか間違っている気がする。

「いいものを食わせてもらったぜ、ありがとな」

「うむ、私もいい体験をさせてもらった」

帰ろうとするドガにボトルを一本渡した。ハーフサイズだから三五〇ミリリットルくらいの大きさだ。

「なんだ、これは？」

「俺からの謝礼だ。ネクタルが入っている」

「なっ！」

驚いたドガはボトルを落としそうになっている。

「おいおい、もう酔っぱらったのか?」

「う、うるさい! だが、感謝する……」

両腕で抱えるようにしてボトルを持ち、ドガは店から出ていった。

＊＊＊

砂漠に入る人間は少ないが、それでもいろんな種類の人間が街道を通る。交易商人、国の外交使節団、塩を採る職人などがその代表だろう。ゴーダ砂漠には塩が採れる塩田もあるのだ。きっと大昔の海水が結晶化しているのだと思う。

犯罪者も多い。街にいられなくなったごろつきが逃げてくることはよくある。司直の手も過酷な砂漠の中までは届かない。

運のいい犯罪者はレッドムーンまで逃げ延びるか、砂漠で盗賊となる。運の悪い犯罪者は干上がって死ぬ。それがゴーダ砂漠というところだ。

今日はカフェ・ダガールに巡礼者の一団がやってきた。ダガール村から二日くらいの距離にある太陽の神殿に行く人たちだ。

太陽の神殿は重要な聖地であり、国の内外からお参りをする人が絶えず訪れる。巡礼者の総勢は二十人以上もいるのだが、たいへん静かである。沈黙の行をしているからだ。

　この人たちは太陽の神殿に着くまで喋ってはいけない決まりになっている。だから注文をするときも無言でメニューを指さす。客は大勢いるのに店の中は静まり返っている状態だ。

　ただ、ネクタルの水割りを飲んだ巡礼者が思わず「うまっ！」と声を洩らして顰蹙《ひんしゅく》を買ってしまった。かわいそうに。でもこれで、他のお客も興味を持ったようだ。沈黙の行の最中にもかかわらず美味いと言ってしまうくらいだからね。

　けっきょく、他の巡礼者もぜんいんがネクタルを注文していた。喋るのはダメでも酒は禁止されていないんだぜ。おおらかなのか狭量なのかよくわからないのが宗教ってもんだ。

　そういえば、ネクタルも半分以下になってしまったなあ。二リットルだけ別にして、砂深くに埋めておこうか？　祝い事があったときにでも飲むとしよう。


　外を見ると砂漠の案内人が大汗をかきながらラクダの世話をしていた。案内人は身長三メートル超えの体躯をした女だ。おそらく巨人族のハーフだろう。

　一般的な巨人族の身長は五～六メートルくらいだ。彼女の身長を考慮すれば巨人族のハーフであるというのは容易に推察できる。

　それに、純血の巨人族がこんな場所にいるはずがないのだ。巨人族の住処は太陽の神殿を越えた先の谷にある。

巨人族には厳しい掟があり、純血種は谷から出てこないのが一般的だ。それに比べてハーフは差別の対象であり、谷にいても居場所がないらしい。

だから仕事を求めて谷の外までやってくる。戦闘力は高いから用心棒などの仕事に就くことが多い。砂漠には盗賊が多いので、こうして案内人をする者もたくさんいる。

この人は働き者だな。案内人はなにかと手抜きをしようとする者が多いのだが、彼女は炎天下でも甲斐甲斐しくラクダの世話をしている。体は大きくてがっちりしているのだが、どこか愛嬌のある人だった。

俺は大ジョッキを片手に外へ出た。

「ねえさん、精が出るね」

彼女はちらりと俺を見て作業を続けた。

「太陽の神殿に着く前にくたばられても困るからね。ふぅ、でもこれでおしまいさ。ようやく私も休めるよ」

「ねえさんもなにか飲んでいくかい?」

「そうだねえ……」

巨人族のハーフはどういうわけか人間にとっても差別の対象だ。中には入店を禁止する店さえある。

もちろん、カフェ・ダガールにそんな決まりはない。ここは自由な気風が売りの店だ。どんな人種が飲み食いしたってかまわない。もっとも、どうしても気にくわない奴は俺が叩き出すけどな。

「私も水を一杯もらおうかな」

「あいよ」

俺は水魔法で大ジョッキに水を作る。ついでに氷冷魔法で氷も作った。太陽の下だと水はすぐにぬるくなってしまうのだ。

「おまちどうさま。氷の分はサービスだ」

「ありがとう。え、かわいい……」

ジョッキに浮かぶ氷を三日月や星、ハートや丸の形にしておいた。急に思いついてやってみたのだが、自分の才能が恐ろしくなるぜ。やはり俺はカフェを愛し、カフェに愛された男なのかもしれない。

「お洒落だろう？　今後ともカフェ・ダガールをよろしくな！　ねえさんが守る巡礼者たちにも、それとなくうちの店を宣伝しておいてくれ」

「わかったよ。なるべくここに連れてくるね」

ねえさんは美味そうにジョッキの水を飲み干した。

「いくらだい？」

「二〇〇ゲトだ」

俺の言葉にねえさんは戸惑っている。

「でも、アタシは五杯分以上飲んでないかい？」

「書いてあるだろう？　水は一杯二〇〇ゲトだよ」

外に出てきたシュナも俺に言い添える。

「ジンに難しい計算は無理なの。黙って二〇〇ゲト払ってあげて」

異議はあるが黙っておこう。

「悪いね。私はトーラってんだ」

「俺はジン。こっちは居候のシュナ。これからもカフェ・ダガールをよろしく」

「また来るよ！」

トーラは大きく手を振って、物言わぬ巡礼者を連れて砂漠へ旅立っていった。

＊＊＊

久々に神殿タイプの迷宮に行き当たった。

迷宮レベル：79

迷宮タイプ：神殿

こうしてみると迷宮は森と荒野タイプが圧倒的に多い。次いで洞窟や墓地で、神殿タイプはレアだ。

でも、それはそれでありがたくもある。神殿に来るとシュナの機嫌が悪くなるからだ。シュナはとにかく神殿が嫌いらしい。

なにがあったかは知らないが、悪魔に利用されそうなくらい嫌っている。もっとも、あいつほどの腕なら悪魔を屈服させて使役することだってできるかもしれない。

歴史を紐解けばそんな大王もいたそうだ。その大王は七十二体の悪魔を使役して、さまざまな偉業を成し遂げたとか。

シュナでもできそうな気はするが、あいつの場合、偉業には程遠いか。せいぜい悪魔に掃除や洗濯をやらせるくらいじゃないだろうか？

それに奴が使役するのは悪魔ではなくこの俺だ。宿は廃業だと言っているのに掃除や洗濯は俺の仕事になっている……。なにが悲しくてはした金でこき使われているのか？

「いいじゃない、こうして迷宮の探索を手伝っているんだから」

「暇つぶしについてきているだけじゃないのか？」

まあ、おかげで俺も話し相手に困らない。シュナがいなかったら、もう少し孤独な砂漠暮らしだっただろう。

「あら、あれはコムリカズラじゃない」

回廊の花壇に駆け寄ったシュナは、そこに咲いている草花を引きちぎった。容赦なしである。

「おいおい。迷宮とはいえ、ここは神殿だぜ。つくづく罰当たりだな」

「どうせ訪れる人もない神殿じゃない。コムリカズラは万能薬の素材よ。どうせなら有効活用しなきゃ。あら、あっちにはシトクサ草もあるじゃない」

ここには魔法薬の素材もたくさんあるようで、シュナは次から次へと採取している。希少な薬草ばかりのようだ。そうこうしているうちに回廊の奥から悲鳴のような鳴き声をあげながら精霊系の魔物がやってきた。不気味な幽霊のような奴である。

「おい、シュナ、敵だぞ」

「ジンが倒しておいて。私は忙しいんだから」

まったく、レベル79の迷宮で出てくるセリフかね？

「やだ、銀嶺花《ぎんれいか》もあるじゃない！」

呆れる俺を無視してシュナは薬草を摘み続けた。

俺たちは精霊系のモンスターをなぎ倒しつつ、神殿の奥までやってきた。ここのボスはユニコーンである。迷宮のレベルは79だから、それなりにレアな魔物が出たようだ。

「ユニコーンって聖獣だろう？　どうして魔物扱いなんだろう？」

「天使と同じよ。堕天使がいるのと同じように暗黒面に堕ちたユニコーンがいてもおかしくないでしょ？」

ダークサイドに堕ちた聖女見習いがなにか言っている。

「気をつけなさい、ユニコーンの角はどんなものでも貫くわよ」

「知ってる。どうせシールドなんて持ってねえから関係ないけどな」

ユニコーンは俺たちを睨みながら近づいてきた。目は凶暴な光をたたえ、鼻息も荒い。

「興奮しているなあ、発情期か？」

そういえばユニコーンは処女の乙女が好きだと聞いたことがあったな。清らかで美しい娘を見ると魅了され、その膝に頭を乗せて眠ってしまうという伝承があるのだ。

「クソスケベだな」

「処女厨《しょじょちゅう》とかひくわよね」

俺たちの会話を理解したのか、ユニコーンはたてがみを振っていなないた。

「シュナ、ちょっとやってみろよ。そこに座ってユニコーンを寝かしつけてみ」

「え～、たしかに私は美しくて清らかな乙女だけどさぁ～……」

抵抗のそぶりを見せたが、シュナもまんざらではないようだ。その場で横座りをして怪しげな作り笑いを浮かべた。

「おいで……、こわくない」

いや、怖《こえ》えよ！　俺は必死に笑いをこらえる。

「怯えることはないわ。さあ、こちらへ……」

だがユニコーンは地面にペッと唾を吐いてそっぽを向いてしまった。聖獣のとてつもなく悪い態度に俺は吹き出してしまった。シュナは相当頭にきているようだ。

「控えめに言って、『眼中にないんだ、ブス』って感じだよな」

「ぶっ殺す！」

「まあまあ、魔物相手にムキになるなよ」

などと言っているとユニコーンが角をこちらに向けて突進してきた。

「ジンは手を出さないで。この駄馬に格の違いを教えてやるんだから！」

「ユニコーンは一角獣であって馬じゃないんだぞ」

俺が披露した博物学の知識をシュナは無視した。身をかがめて迎撃の姿勢を取っている。

こいつ、相当頭にきているな。得意の魔法は使わずに力でねじ伏せようとしていやがる。多少心配ではあるが、シュナは格闘さえもこなす闘う聖女様だ。ここはどっしりと落ち着いて成り行きを見守るとしよう。

ユニコーンは助走をつけて突進してきた。だがシュナはその場を微動だにせず、わずかに背中を丸めて迎撃の構えのままだ。魔法使いが取る姿勢じゃねえ。

そしてユニコーンの角が自分の胸を貫こうとしたその瞬間、シュナは左前方にダッキングしてその攻撃を躱した。同時に角の側面に拳を這わせながら渾身の右フックを繰り出す。

「クロスカウンターか！」

ユニコーンのこめかみにシュナの拳が深々と突き刺さり、奴は角だけを残して消えてしまった。

「誰がブスじゃ、この駄馬がぁ！」

すまん、ブスと言ったのは俺だ。ユニコーンはそっぽを向いただけなんだよな。だがわざわざ事実を確認するには及ばない。ここはごまかしておこう。

「うんうん、本当に見る目のない駄馬だったな」

「あら、ユニコーンは馬じゃないわ。一角獣であり聖獣ですもの」

それ、さっき俺が言ったやつ……。

祭壇が現れユニコーンの石像も立っていたが、その顔はかなり不貞腐《ふてくさ》れていた。駄馬扱いされてクロスカウンターを決められれば腹も立つか。

だが、相手は無影のジンをこき使う大魔王だ。運が悪かったと思って諦めてもらおう。

さて、今日のお宝はなんだろう？　入っていた羊皮紙を読んだ。

「なになに……、ユニコーンの角は『グングニル』か『奇跡のモリニージョ』の素材になります、だとよ」

「グングニルってなに？」

「絶対に外れない投げ槍だとさ。しかも自動的に手元に戻ってくるそうだ」

「へー、じゃあモリニージョは？」

「ホットチョコレートを泡立てる道具のようだ」

「なにそれ？」

「本当にホットチョコレートを混ぜるだけの道具なんだと」

不意に前世の記憶がよみがえってきたぞ。たしかメキシコにそういう名前の調理器具があった気がする。

「そのかわり奇跡のモリニージョでかき混ぜたホットチョコレートはとんでもなく美味しくなるらしいぜ」

「私が混ぜても？」

「それはどうだろう……」

料理レベルマイナス24ＶＳユニコーンの角を素材にした奇跡のモリニージョ。今世紀最大のカードかもしれない……。

「どうするの？　槍、それともモリニージョ？」

「そんなもん決まっているだろう？」

「モリニージョ？」

「当たり前だ！」

カフェの店主に槍なんて必要ない。そもそも俺は剣士なのだ。どちらを選ぶかと問われれば、ホットチョコレートを泡立てるためだけに存在する、おかしみ深い道具に決まっている。

祭壇には二種類の魔法陣が描かれていた。ユニコーンの角を右の魔法陣に載せればグングニルへ、左の魔法陣に載せればモリニージョに変化すると書いてある。

間違えないようにシュナと確認しながら左の魔法陣にユニコーンの角を載せた。

魔法陣が光りだし、ユニコーンの角がモリニージョへと変化していく。持ち手側が細く、かき混ぜる方は切れ込みの入った大小の円盤が重なったような形になっている。

宝箱の中には大きな缶に入ったココアパウダーもあった。

「早く帰ってホットチョコレートを作ろうぜ」

「私にもやらせてよ」

「先に俺が混ぜてからな」

「ずるい！」

料理の腕は壊滅的なのに、どうしてシュナはやりたがるんだろう？

「シュナが使ったら爆発するかもしれないだろう？」

「そんなことない！」

「断言できるか？」

「うっ……。いいもん、爆発したらもう一度ユニコーンを叩きのめすから……」

ユニコーンが哀れになってきたぞ。でもこれを聞いたら、闇堕ちするユニコーンだって減るかもしれない。複雑な気持ちで神殿の道を引き返した。


迷宮から出た瞬間に俺は異変を感じ取った。北からの風が運んでくるのは煙の匂いだ。集落の方角の空が赤く染まっている。火元はダガール村で間違いない。

すぐにヒュードルを抜いて飛び乗ると、シュナも無言のまま乗ってきた。

「出すぞ」

俺は最大速度でダガール村へと向かった。


村に到着してみるとただの火事ではないことはすぐにわかった。村人たちは広場に集められ、武装した数十人の盗賊に取り囲まれている。

家が一軒燃やされているのはおそらく見せしめだろう。残りの盗賊たちは勝手に家々に入り略奪しているようだ。

このまま放っておけば次に始まるのは女たちへの凌辱《りょうじょく》だ。子どもや夫、親が見ていようとも盗賊にとっては関係ない。逆らえば殺されるのだ。器量のいい者はそのまま盗賊に連行される。

「まずは火を消そう。その後に奴らを片付ける」

「了解」

シュナの使う『罰の豪雨』は凄まじく、火事は瞬く間に消えてしまった。雨の神イシュクラは慈悲深い神だが、人々が傲慢になると罰の豪雨で懲らしめるそうだ。こんな魔法まで使えるとはシュナの底はまだまだ見えない。

火が消えると周囲はいきなり暗くなった。その闇に乗じて俺は盗賊たちを次々と斬り殺していく。

「てめえ、俺たちはチャンモス盗賊団だぞ！」

砂漠を渡る交易商人に聞いたことがある。チャンモス盗賊団はゴーダ砂漠を拠点にしている数百人規模の大盗賊団だ。

だとすれば、ますますこいつらを見逃すことはできない。奴らは冷酷かつ無慈悲なことで悪名を轟《とどろ》かせている。一人でも生かせば報復しに来るだろうし、情けをかけたところでまた別の集落や商人を襲うだろう。

俺とシュナは村を駆けまわり、情け無用で盗賊たちを一掃した。

「けが人はいる？　いたらこっちに来て。治療するから」

シュナが人々に声をかけている。俺は縛られていた子どものロープを解いてやった。

「もう大丈夫だからな」

自由にしてやったら一緒に親を捜してやるか、そんなことを考えていた。ところが拘束が解けるやいなや、子どもは怯えた顔で逃げてしまった。

俺はそんな恐ろしい顔をしていたか？　びっくりして周囲を見回すと、怯えているのは子どもだけではなかった。

周りの大人たちもその子と同じ顔をしていた。みんな恐ろしい魔物でも見るような表情で震えているのだ。

そこで俺は自分の正体を思い出して納得する。それはそうか、ダガールは平和な村だ、次々と人を斬り殺すような化け物を見るのは初めてなのだろう。化け物は砂漠であっても化け物なのだ。

俺とシュナを遠巻きに見守る人々の中からポビックじいさんが出てきた。

「すまんな、ジン。世話になった」

「いいんだ……」

百ほどの人がいるというのに、村の広場は静まり返っている。俺とシュナを前にしてどうしていいのかわからないようだ。

突然シュナが不機嫌そうな声を漏らした。

「寒い。ジン、帰ってホットチョコレートを飲みましょう」

たしかに砂漠の夜は冷える。特に今夜の風は冷たい。

「そうだな。とびきり美味いやつを作るよ」

腰に差していたヒュードルを放り投げると、剣は地面に落ちることなく地上三〇センチの高さに浮いた。俺とシュナは地面を蹴って同時にヒュードルに飛び乗る。

村に平和は戻ったのだ。これ以上の長居は無用だろう。

「おやすみ」

俺たちは静まり返った村を後にした。


なんとも侘しい夜だった。動くものはなにもなく、この空の下には俺とシュナしかいないような気にさえなる。

「ジン、風が冷たいからあまり速度を出さないで」

「ああ」

シュナが俺の腰に手を回し、背中にそっと体を近づけた。

「上着を持ってこなかったから……」

「急いでいたもんな」

月の光まで寒々しい夜だったが、世界は美しかった。

カフェに戻ると小鍋にココアパウダーと砂糖を入れた。レシピにあるとおりそれを弱火にかけてよく混ぜる。

　次にラクダのミルクを少量入れてよく練った。こうしておけばココアパウダーがだまにならないのだ。ミルクをさらに足して、沸騰させないように温めれば、美味しいホットチョコレートの完成だ。

「だがこれは真の完成ではない」

「奇跡のモリニージョの出番ね」

「そのとおり。これで泡立てれば、ただのホットチョコレートが奇跡のホットチョコレートになるわけだ」

　見せてもらおうか、ユニコーンのパワーとやらを！　モリニージョを掴み、鍋の中のホットチョコレートを泡立てた。

「おー、本当にモコモコしてきたぞ！」

「やだ、おもしろそう！　ジン、私にもやらせてよ」

「さっきも言っただろう、今日は俺がやる」

　出来上がったホットチョコレートは本当に奇跡の味だった。ミルクがクリーミーになり、なんともいえぬ濃厚な味わいになるのだ。カカオの香りも引き立っている。

「おいしい」

　シュナが笑顔でホットチョコレートを飲んでいる。さっきまであった眉間のしわが消えているな。

たぶん、俺の面《つら》も少しは穏やかになっていると思う。そうあってほしいと思いながらホットチョコレートをすった。

「ジン、お代わりを作ろうよ」

「そうだな、俺ももう一杯飲むぜ」

カフェの扉が開いてドアに取りつけたベルがカランカランと音を立てた。入ってきたのはポピックじいさんと常連たちだ。こんな時間にどうしたというのだろう？

「いらっしゃい……？」

「ジン、俺たちにもホットチョコレートとやらをくれんかね。すっかり冷えちまったからな」

そう言いながら、常連たちは定位置に座っていく。じいさんたちが気を遣ってくれたか……。

俺は黒板に新メニューを書きつけた。

奇跡のホットチョコレート　……六〇〇ゲト

小鍋を火にかけていたら、常連の一人が話しかけてきた。

「さっきはすまなかったな。俺たちはジンに助けてもらったのに……」

「気にしちゃいねえよ！」

俺はモリニージョを勢いよく動かした。

＊＊＊

交易商人たちがやってきた。連なって歩くラクダの背中にはさまざまな荷物がぎっしりと積まれている。レッドムーン王国で売りさばき、大儲けを企んでいるのだろう。

そうやって大金を稼いだ商人はレッドムーンでまた仕入れをして、今度はその荷物をリングイア王国で売りさばくのだ。

こうした交易は莫大な利益を生むそうだが、ともなうリスクも大きい。まず、砂漠は迷いやすい。道を見失った者は干からびて死ぬ。

それに、盗賊や魔物に襲われることもあれば、天候に悩まされることもしょっちゅうだ。砂嵐に怯えたラクダが逃げ出すなんてことも起こる。

そういった困難を乗り越えなければならないので交易商人はタフな奴が多い。今やってきている奴らもいい面構えの者ばかりだ、って、あいつは……。

交易商人たちの中に見知った顔がいて、俺は嬉しさで外へ飛び出した。

「ディラン！」

「ジン！」

やってきたのは親友のディランだった。

「おいおい、無影のジンが本当にカフェのマスターになっちまったのか？　エプロンなんてしやがって！」

「そっちこそそのナリはなんだよ？　隠形のディランが交易商人か？」

「なかなか似合っているだろう？」

ディランは交易商人の格好を見せつけてくる。凄腕の斥候《せっこう》として漆黒の鎧を身に着けていたディランだが、今は頭にターバンを巻き、日除けのマントを羽織っていた。

「商人姿も悪くないな」

「ジンのエプロン姿はちっとも似合っていないぞ！」

「この野郎が！　とにかく中へ入ってくれ。話はそれからだ」

俺たちは涼しいカフェの中に移動した。

「ほほう、なかなかいい店じゃないか」

ディランは物めずらしそうに室内を見回している。

「なんでも注文しろ。今日は俺のおごりだ」

最新のメニューはこんな感じになっている。

メニュー

水……二〇〇ゲト
氷水……二五〇ゲト
コーヒー……三〇〇ゲト
アイスコーヒー……四〇〇ゲト
カフェオレ……四〇〇ゲト
アイスカフェオレ……五〇〇ゲト
ハチミツ水……五〇〇ゲト
スライムタピオカミルクティー……七〇〇ゲト（おすすめ！）
ガーリックトースト……三〇〇ゲト
チーズトースト……四〇〇ゲト
奇跡のホットチョコレート……六〇〇ゲト（おすすめ！）

こうして見るとメニューが増えたな。
「ふーん、まともにやっているんだな」

「これでもだいぶレパートリーが増えたんだぜ。最初は水と氷水しかなかったからな」

「ぶっ！　水しかないのにカフェを名乗るところがお前らしいな」

「砂漠では水だって貴重なんだぞ」

「そりゃあそうだ。水魔法を使える奴は商人仲間からも大人気だぜ」

水魔法使いは引っ張りだことの話だ。

「ところで、どこまで仕入れに行くんだ？　レッドムーンか？」

「その先にあるベンガルンだ」

「ベンガルンとはまた思い切ったな」

「どうせ交易商人をやるのなら、俺も香辛料で一山当てようと決意したのさ」

ベンガルンはレッドムーンのさらに先だ。到達するためには危険な湖沼《こしょう》地帯を抜けていかなければならない。だからベンガルンで採れる香辛料はたいへんな高値で取引されるのだ。

危険な賭けではあるのだが、元Sランクの斥候なら成功させる見込みは高い。そして、香辛料の話は俺を興奮させた。

「なあ、俺のために香辛料を買ってきてくれねえか？」

「あの日に話していたドライカレーだな」

「ああ……」

あの日とは、エスメラが出ていったことを知った日だ。彼女のことは今でも忘れられない傷になっている。だがダガールへ来て、その思い出もだいぶ薄れた。

「すまない、思い出させてしまったな」

謝ってくるディランに俺は笑ってみせた。

「いいんだ。エスメラのことはもうなんとも思っていない。これは本当だ」

「そうか。じゃあビジネスの話に戻ろう。どんな香辛料が必要なんだ？」

そのことについてはずっと前世の記憶を探ってきた。カレー粉というものがあればよいのだが、日本でのあれはそれぞれの会社が香辛料をブレンドしたものだった気がする。こちらに俺の知っているカレー粉があるかはわからない。

「とりあえず、カイエンペッパー、ターメリック、クミンの三種類が欲しい。それさえあればなんとかなる……と思う……」

迷宮で宝箱が出てくれれば早いのだが、今のところ香辛料は一つも出てきていないのだ。

「わかった。旧友の頼みだ、俺に任せておけ」

ディランは快く俺の頼みを引き受けてくれた。

「ところでなにを飲む？」

「そうだなあ、おすすめと書いてあるスライムタピオカミルクティーとやらをもらおうか」

「あいよ」

俺がカウンターに入ると、二階からシュナが下りてきた。

「ジン、部屋の掃除は終わったからご飯をちょうだい」

「やっとかよ。もう少しマメにしてくれよな」

シュナを見たディランが驚いている。

「ジン、新しい女か？　いいのを見つけたな！」

デリカシーのなさは寿命を縮めるぞ。ほら見ろ、シュナのゲンコツがディランの頭に落とされている。

「誰、この無礼者は？」

「友だちのディランだ。同じパーティーだったんだ」

ディランは涙目になって頭を押さえていた。

「いてえなあ、人をいきなり殴りやがって！」

「アンタが失礼なことを言うからでしょう。私はジンの女じゃない。ただの居候よ」

「あ、てめえ開き直りやがったな！　客じゃなかったのかよ？　さっさと宿代を払え」

「店を手伝っているでしょう？　それに患者が来たらすぐに払うわよ！」

シュナと言い争いをしていたら表からお客の呼ぶ声が聞こえた。

「すみません、ラクダをつなぐ柵がちょっとグラグラしていて」

「あいよ、すぐ直すぜ！　ちょっと行ってくるからこれを飲んで待っていてくれ」

出来上がったスライムタピオカミルクティーをディランに渡して俺は表に出た。

＊＊＊

ディランとシュナは並んで外を見た。視線の先では金槌を手にしたジンが柵を修理している。交易商人と軽口でもきいているのだろう、ジンは作業をしながら笑顔だ。

「あいつが元気そうでよかったぜ」

「ジンとの付き合いは長いの？」

「もう十年以上だ。うめえな、これ。ジンが作ったとは思えねえくらいだ。初めて聞いたときはどうなるかと思ったが、ジンもちゃんとカフェをやれているんだな」

まぶしいのだろう、表に視線を向けたままシュナは眉間にしわを作っている。シュナは視線をジンに向けたままで訊《たず》ねる。

「ジンはどうしてここへ来たの？　有名なチームの剣士だったんでしょう？」

それは常々シュナが抱いていた疑問だった。

「まあ、いろいろあったのさ。詳しくは本人に聞いてくれ」

「あんたの口からは言いたくないのね」

「人のことをペラペラ喋る趣味はねえ。だけど、一つだけ教えてやるよ」

「なに？」

「ジンは王都で暮らしていたときよりずっといい顔になった。ここに来て幸せなんだろうな」

「ふーん……」

興味のなさそうな返事だったがシュナの眉間のしわがなくなっていた。

＊＊＊

出発するディランをシュナと見送った。ラクダに乗ったディランにシュナは小さな革袋を投げ渡す。

「これはなんだい？」

「特製の万能薬と解毒薬。餞別《せんべつ》代わりにあげるわ」

「いいのか？」

シュナは無言でうなずいている。きっとこいつもディランのことが気に入ったのだろう。

「ありがとう。頑張れよ、シュナ」

「なにを頑張れっていうのよ……？」

シュナはもごもごと別れを言い、ディランは地平線の向こうへ去っていった。

「ディランとなにを話したんだ？」

「べつに……。つまらないことよ」

シュナは肩をすくめて店に入っていく。俺は砂の上で豆粒みたいになったディランをもう少しだけ見送った。

＊＊＊

迷宮レベル：32
迷宮タイプ：荒野

今日の迷宮にはベリーがたくさんなっていた。いや、正確にいうと違うかもしれない……。気をつけて食べたことなんてないから、ベリーがどんな形をしていたか覚えていないのだ。イチゴくらい特徴的ならわかるのだが、ブルーベリーとかキイチゴとなると今一つ自信がない。

一つ摘んで食べてみるか。

「うん、美味い。美味いから毒じゃないだろう……モグモグ」

「バカ……」

シュナは呆れているが、俺のもぐもぐ判定の精度は高い。今までこれで外れたことは一度だってないのだ。

だいたい美味い毒ってあるのか？　俺は知らないぞ。

とはいっても、シュナが一緒だからこそ迷宮内でも味見ができるのだ。たとえ腹痛になったとしても堕聖女様が嫌々治療してくれるだろう、そんな安心感があればこそだった。


大型のカラスが襲ってきたりしたけど、俺たちは難なく倒して奥へと進んだ。やはり荒野は食材が多い。ここいらになっているベリー類を摘んでジャムにでもしようか。

「ジャムパンを出してもいいし、ロシアンティーも悪くないな」

「ロシアン？」

「ロシアは北の超大国だ」

「バカね、それはソラール帝国でしょ」

うむ、この世界ではそうだった。

「俺が言いたいのはベリージャムを入れた甘い紅茶を作りたいってことだ」

「ジンにしてはいい考えじゃない。でも、ジャムなんて作れるの？」

「問題はそこだ。ジャムってどうやって作るんだろうな？」

「私に聞かないでよ。料理なんてしたことがないんだから」

マイナス24だもんな、という言葉は飲み込んだ。俺は最強の剣士だがわざわざ争いを起こすことはしない。ところが我らが闇の聖女様はとんでもないことを言い出した。

「あ、私でもジャムを作れるかもしれないわ」

「はっ？　俺が欲しいのは美味しくて安全なジャムなのだが……」

呪いの食品はいらないのだ。

「うるさいわね。食べ物じゃなくて、加護の薬として、『サンザシとベリーのジャム』というものを作ったことがあるの」

「本当か？　シュナにそんなものが作れるなんて信じられないぞ！」

サンザシとベリーのジャムは雷避けと子宝に恵まれる効果があるそうだ。聖女の魔力をこめて作るので大量生産はできないらしい。

「神殿ではそれを貴族や金持ちばかりに配るのよ。神殿のそういうところが大嫌いだったなあ」

「しかしシュナがジャム作りねえ……」

「ジャムだと思って作ると失敗するけど、薬だと思って作ればうまくいくのよね」

気持ちの問題なのか？

「ベリーのジャムってことは、要はサンザシ抜きのジャムを作ればいいわけでしょう？　なんとかなると思う」

「やるだけやってみるか。どうせ俺も作り方はわからないし」

「言っておくけど、成功の確率は五〇％よ」

それでも奇跡の数字だと思うぞ。なんせあのシュナが半分の確率でジャムを作るのだからな。

二人してせっせとベリーを摘んでいるとボスが現れた。金の角をもった巨大なヤギである。牧場などで見るヤギより二回りは確実に大きい。全身が筋肉質で、食用には向いていなさそうだった。

「エアレーよ、気をつけて」

エアレーは突進してきたが俺は余裕をもって攻撃を躱した。ところがエアレーの角だけが方向を変え、俺に向かって伸びてくるではないか。鋭い角が脇腹に迫り、俺はとっさに両手で角を受け止めた。

「ダメ！」

シュナの注意は角に電撃が走るのとほぼ同時だった。感電による激しい痛みが俺の体を貫く。エアレーが首を振り俺は地面に叩きつけられてしまった。だが、おかげで角から手が外れた。

「いってえなぁっ！」

「メェエエエエ！」

調子に乗って突進してくるエアレーの顎に下段からすりあげる剣を喰《く》らわせてやる。エアレーは一刀のもとに絶命し、二本の角を置いて消えてしまった。

「エアレーの角はどの方向にも伸びるし、電撃を出すのよ。あんたSランク冒険者のくせに知らないの？」

「すっかり忘れていたんだよ。今はカフェの店主だからな」

「バカね。ほら、手を見せて」

憎まれ口をたたきながらもシュナは丁寧に治療してくれる。こういうところは優しいのだ。

「どうして角を離さなかったの？」

「動けなかったんだよ。人間の体は微弱な電気で動いているから、それを凌駕《りょうが》するような電気が流れると動けなくなってしまうのだ」

どうよ、俺の前世知識。

「バカジンのくせに偉そうね」

俺の手をバシッと叩いて、シュナの治療は終わった。治療が終わればお約束の宝箱タイムだ。

「あら、今日はレシピじゃなくて鍋が出てきたわよ」

シュナが宝箱から取り出したのはパステルグリーンの鍋だった。

「これは電鍋じゃないか！」

勝利の電鍋：料理を格段にレベルアップさせるマジックアイテム

見た目は昭和の炊飯器って感じだけど、これ一つで、炊く、蒸す、煮込む、温める、の四役をこなす万能調理器である。

「エアレーの落とした金の角を鍋に取りつけて使うみたいよ」

「この穴に取りつけるんだな……」

電撃を発生させる角をエネルギー源として使うようだ。金の角を取りつけると、勝利の電鍋はバイキングのヘルメットみたいになった。

「これ、もう感電しないよな？」

「やってみたら？」

おそるおそる指でつついてみたけど、漏電などはしていないようだ。

「いいアイテムを手に入れたぜ。これなら火炎魔法を使わないですむもんな」

「私でも上手に使えるかな？」

「それはわからない……」

シュナは地団太を踏んで悔しがる。

「なんでよ！　羊皮紙には鍋に材料を入れてタイマーを回すだけ、って書いてあるわよ。なんでダメなのよ？」

「じゃあさ、試しにシュナがこの鍋でジャムを作れるかやってみないか？」

「ベリーのジャム？」

「ああ、どうせ作る予定だっただろう？　この鍋で作れば成功率が少しは上がるかもしれないぜ」

「なるほど……」

いざ作ることが決まったら、緊張しているようだ。眉間に深いしわを刻んだまま、シュナの目じりは下がっている。やめろよ、その顔……。俺まで不安になるじゃないか！

言い知れぬ不安に苛《さいな》まれたまま、俺たちは金の角を掴んで荒野の道を引き返した。

第四話　ゾル状瘴気No.マイナス24

カフェ・ダガールにまたもやドガがやってきた。今日も尊大な態度を崩さず、偉そうに店に入ってくるではないか。だが、不遜なポニーテール野郎でも客は客だ。俺は愛想よく出迎えることにした。

「いらっしゃい。お前、暇なんだな。いい若いもんがこんなところで油を売っていていいのか？」

「さぼっているわけじゃない！　私は外国の貴族に招かれて料理を作りに行くところだ」

「商売繁盛で結構なことだ」

ドガはちらっとメニューに目をやった。

ドリンクメニュー

水　……二〇〇ゲト
氷水　……二五〇ゲト

コーヒー……三〇〇ゲト
アイスコーヒー……四〇〇ゲト
カフェオレ……四〇〇ゲト
アイスカフェオレ……五〇〇ゲト
ハチミツ水……五〇〇ゲト
スライムタピオカミルクティー……七〇〇ゲト（おすすめ！）
奇跡のホットチョコレート……六〇〇ゲト（おすすめ！）
魔法のジャムティー……五〇〇ゲト（期間限定）

フードメニュー

ガーリックトースト……三〇〇ゲト
チーズトースト……四〇〇ゲト
アボカドトースト……七〇〇ゲト
魔法のジャムトースト……七〇〇ゲト（期間限定）

見てくれ、このラインナップを。水と氷水から始まって、ついにここまできたといった感じだ。我ながら誇らしい気持ちになるが、俺はこんなところで止まらない。さらなる精進を続けて頑張る所存である。

「お前のところはメニューが少ないなあ」

ゴーモンレストランのオーナーシェフに気分を害された！　そりゃあ都会の一流レストランと比べれば見劣りするかもしれない。だが、ここにはここのよさがあるのだ。

「バカにすんなよ、あれを見ろ！」

俺は常連のじいさんたちを指さす。みんなはちょうどダーツで遊んでいるところだ。迷宮内で発見したのだが、じいさんたちのいいおもちゃになっているのだ。健康増進にもなっているようで、俺としても鼻が高い。

「今、ダガールのじいさんたちに大人気なんだぞ。これのためにカフェへ来るじいさんもいるくらいだぜ」

あの迷宮なら古いインベーダーゲームとかも出てきそうだ。そうなったらもちろん店に置くつもりである。きっと人気が出るだろう。

カフェというより、昭和のレトロな喫茶店みたいになってしまいそうだけど……。

「……まあいい。それよりこの魔法のジャムというのはなんなのだ？　前は見なかった気がするが」

「ベリーのジャムだが、はっきり言ってかなり美味いぞ」

「本当か？」

「ああ、試してみろ」

「いいだろう。では魔法のジャムティーとやらをもらおうか」

相変わらず偉そうに注文する奴だ。だが余裕の態度をとっていられるのは今だけだぞ。こいつを一口飲めば、月までぶっ飛ぶこと請け合いだ。マナールとカナール、今日はどっちまで飛ぶつもりだい？

俺は内心でほくそ笑みながらジャムティーを作った。

「お待たせいたしました」

「うむ……」

ドガは優雅な手つきでカップを持ち上げ、紅茶の香りを嗅いでいる。そしてバラ色の唇を近づけて魔法のジャムティーをすすった。

「っ！」

魂の叫びが俺にまで届いたぜ。目を見開いているドガに勝利の笑顔を見せてやった。

「美味いだろ？」

「……どうやって作った？」

「紅茶にジャムを入れただけさ」

「そんなことを聞いているんじゃない。このジャムをどうやって作ったかを聞いているのだ」

ちょっとからかっただけなのにドガは鼻息を荒くしている。

「実を言うと、ジャムを作ったのはシュナなんだ。作り方ならシュナに聞いてくれ」

カウンターの端に座っていたシュナがこちらを向く。

「普通のジャム作りと変わらないんじゃないの？　材料はベリーと砂糖だけ。ただ神聖魔法で大地の女神クレアの加護を付与し続ける必要があるの」

「神聖魔法……クレア……」

「そうそう『豊穣の大地』と呼ばれる魔法ね。土地を祝福するときに使う魔法なんだけど、けっこう疲れるから大変よ。でも、それさえできれば簡単に作れるわ。レシピを教えましょうか？」

「うぐぐ……、私には作れそうもない。この店のレシピは非常識なものばかりだ……」

非常識って、褒めているのか？

「自分で作るのは諦めるしかないようだ。ではジャムだけでも売ってくれないか？　資金は出すので新たに作ってほしい。できれば大量に」

「やめろ！」

俺は慌ててドガを止めた。

「どうしてだ？　なにをそんなに焦っている？」

シュナにジャムを作らせる？　気軽に言わないでほしい。これだから素人は困るのだ。

「これを見ろ！」

俺はカウンターの下から分厚いガラス容器を取り出してドガに見せた。中にはコールタールのような物質が詰められており、ふつふつと泡を立てている。

「なんだ、この禍々《まがまが》しいものは⁉」

「絶対に触るなよ。俺はこいつをゾル状瘴気No.マイナス24と呼んでいる」

「ゾル状瘴気だと！　どうすればこんなものが……」

「原料はベリーと砂糖だよ。だが、シュナがジャムを作ろうとすると五〇％の確率でこいつが出来上がるんだ」

「うるさいわね……」

シュナは不貞腐れている。

「おい、奇跡のジャムには豊穣の大地が使われるのだろう？　慈悲深い女神として有名なクレアの加護のはずだ。それなのにどうやったらこんなものができるというのだ」

「そこがシュナの恐ろしいところさ。これは非常に危険な物質だ。なんでも食べるサンドワームが、これをティースプーンひと匙食べただけで消滅した」

「消滅？　死んだのではなく？」

「消滅だ。跡形もない」

「………………」

ドガは言葉を失っている。シュナにジャムを作らせることがいかに危険か、ドガにもわかってもらえたようだ。

「こいつを処分するために、俺はこれから地下一〇〇メートルの穴を掘らなければならない。というわけでこのジャムは安易に作らせるわけにはいかないのだ」

「なるほど、俺が悪かった」

プライドの高いドガが素直に謝るとは、本気で反省しているようだな。ならばこれ以上はなにも言うまい。

「もちろん、この魔法のジャムティーは期間限定商品だ。よく味わって飲んどけよ」

「魔法のジャムトーストももらおう……」

「オーダー入ります！」

その午後、ドガはジャムティーとジャムトーストを堪能し、俺は深い穴を掘った。

＊＊＊

俺は悩んでいた。先日ドガにも指摘されたことだが、カフェ・ダガールには看板商品となるフードメニューがないことにだ。

これではカフェとは言えないのではなかろうか？　俺としてはランチメニューがあってこそのカフェ、美味しい食べ物があってこそのカフェなのだ！

カフェ・ダガールを理想の店にするためにもなんとか看板メニューを作り上げたい、それが俺の目標である。他に相談相手もいなかった俺は、ボックス席であぐらをかいて本を読んでいるシュナに意見を聞いてみた。

「どうしたらいいと思う？」

「私に聞かないでよ」

予想どおりの答えが返ってきたな。うむ、わかっている。この件については俺が悪かった。

「すまん、料理のことをシュナに相談するなんて、俺がどうかしていた」

「なんだかムカつくなあ」

「それくらい切羽詰まっているんだ。本当にどうするべきか……」

こんなときに限ってドガは現れない。もっともあいつなら「フン」って感じに鼻で笑って、話を終わらせそうな気もするが。

ぱたんと本を閉じてシュナは提案してきた。

「迷宮にでも行ってみる？　高レベルに挑戦すれば、いいレシピや材料が出てくるかもしれないわ」

「それが手っ取り早いか……」

今日はずっと客もない。常連のじいさんたちが来るのはもっと後だ。『準備中』の札を出し、俺とシュナは迷宮へ向かった。

迷宮レベル：48
迷宮タイプ：荒野

「迷宮タイプが荒野なら食材は多いな。大きなカゴも持ってきたし、いろいろとゲットするぞ」

張り切る俺の横でシュナは腕を組んで首を振る。

「甘いわね、ジン。こんなもんじゃ現状を打破できないわよ」

「なん……だと？」

「ジンが作りたいのは看板メニューよね？　この程度のレベルでそれが可能かしら？」

「一理ある……」

レベル48程度では看板メニューは生まれないというのがシュナの主張だ。だったらもっと高レベルに挑戦あるのみだ！

この迷宮は入り直すたびにレベルが倍になる。今回もその特性を活かしてハイレベルな迷宮に挑戦するとしよう。そこで素晴らしい素材かレシピをゲットするのだ。

俺たちは迷宮に三回入り直した。

迷宮レベル：３８４
迷宮タイプ：荒野

シュナと二人ならそうかもしれないが、いつもよりずっと緊張感のある雰囲気だった。荒野にしゃがんでこちらを睨んでいるのは悪魔たちだ。こいつらが雑魚として存在するのはめずらしい。レベル50の迷宮ならボスをやっていそうな魔物たちである。


「すこし調子に乗りすぎたか？」

「平気よ、これくらい」

「最初から全力でいく。範囲魔法を頼むぞ」

「大天使ネクソルの炎を使うわ。ジン、ヒュードルを出して」

シュナはヒュードルの刀身に浄化の魔法を付与してくれた。

「退魔庁に伝わる対悪魔用の特攻魔法よ」

「悪魔祓いをする退魔師が使う技だな」

「私の魔法はあいつらの二十倍は効くわ。大神官長は私を聖女にするか特務機関にやるかで相当悩んだみたいね」

「聖女が嫌なら特務に行けばよかったじゃねえか」

「嫌よ、そんな荒《すさ》んだ生活」

「どっちにしろ、今だってこうして悪魔どもと戦っているけどな」

シュナは肩をすくめた。

「神殿の大義のために戦うのは嫌なの。美味しいご飯のためなら仕方がないけど」

その気持ちはわからんでもない。

「そんじゃあ、おっぱじめますか」

「ええ」

青白い炎が悪魔たちに襲い掛かった。悪魔たちは絶叫しながら消滅していく。運よく炎を逃れた悪魔も、浄化を付与された魔剣ヒュードルの敵ではなかった。

「すごいな、一撃で悪魔の動きを封じやがる」

俺たちは荒野にたむろしていた悪魔たちを一掃した。

「さすがに少し疲れたわね」

強力な魔法を連続で発動させたためだろう、シュナの息が荒い。

「休んでいる暇はなさそうだぞ。ボスが来た」

地響きを立てながらやってきたのは大きな牛だった。しかも牛の頭の横には羊と豚の頭までついている。どの動物も凶暴そうな面構えで、かわいげの欠片もなかった。

「テトランドンよ。こいつも悪魔の一種だから気をつけて」

巨体に似合わずテトランドンの動きは素早かった。俺の斬撃を躱しつつ、三つの頭が攻撃してくる。

しかも皮膚が厚く、そのうえ丈夫で、致命傷を負わせることができない。さすがはレベル384の迷宮だ。これほど手ごわい相手は俺のキャリアの中でも数えるほどしかいない。

「ジン、下がって！」

飛び下がると同時にネクソルの炎がテトランドンを襲った。ところが牛の角が光り、魔法攻撃を遮断するシールドを展開するではないか！

「マジックシールドが使えるの⁉」

魔物のことはよく知っているシュナだが、この情報は持ち合わせていなかったらしい。狼狽《ろうばい》気味に後ろへ飛んで距離を取った。

こうなったら仕方がない、奥の手を出すしかないだろう。

「シュナ、一分だけ時間を稼いでくれ」

「一分だけよ！」

シュナはなにも聞かずに再び前に出てくれた。俺はヒュードルを鞘に収め、体内の気と魔力を練り上げていく。この技は発動に時間がかかるのだ。

シュナは魔法に格闘を混ぜてテトランドンと対峙しているが、形勢はやや押され気味だ。魔法が得意なシュナにとって、こいつは天敵ともいえる存在なのだろう。焦る気持ちを強引に封じて心を平静に保った。

「そろそろ一分よ！」

「待たせた。代わろう」

気と魔力は満ちている。今なら必殺の無影斬を放つことが可能だ。

俺はテトランドンの前に自然体で立った。気負うところはまるでない。そして、そのままヒュードルの柄に手をかける。

次の瞬間、突っ込んできたテトランドンの首は三つとも地面に転がっていた。ヒュードルの刀身はすでに鞘の中だ。

「……なにをしたの？」

シュナは唖然としている。

「俺の無影斬は単純な技さ。ぶっちゃけ、剣を抜いて、首を切って、剣を鞘に収める、それだけのことだ」

「それを非常識なほど高速でやるわけね」

非常識とは失礼だな。

「だが発動までに時間がかかる。いきなり使うと体に負担がかかりすぎて戦闘の継続が無理になるんだ。だから準備をしなくてはならないのが難点だな」

かみ砕いていえばストレッチみたいなもんだ。

「なんだそんなことか。だったらとっととやればよかったのに」

「話を聞いていなかったのか？　不用意に使うと体にダメージを喰らうんだよ」

「そんなの私が治療すればいいだけじゃない」

「あ……」

シュナは呆れたように肩をすくめてみせた。なるほど、シュナがいればいきなりでも無影斬を使えるのか。痛みさえ我慢すれば連発しても大丈夫な気さえするな。

「バカね。無駄な一分を過ごしたわ」

ぐうの音も出ない俺の目の前に祭壇と宝箱が出現した。

宝箱の中には大量のソーセージと大きな骨が入っていた。

シャウグレート：牛、豚、羊の肉を混ぜて作ったソーセージ。それは天国の味わい。

テトランドンの骨：スッキリながら濃厚な出汁《だし》が出る。何度でも使える。

シャウグレートは太くて長いソーセージ、テトランドンの骨は大きくて真っ白だった。ソーセージとは使いやすい素材が手に入ったものだ。これで美味しい料理が作れるだろう。

「そうだ、ポトフを作るっていうのはどうだろう？」

ガキの頃、メランダばあちゃんが作ってくれるポトフが大好きだった。あれにも大きなソーセージが入っていたものだ。シャウグレートを見てそのことを思い出した。

「いいわね。勝利の電鍋で作れば、天国のポトフができるんじゃない？」

「それだ！　こいつはきっと看板メニューになるぜ」

ソーセージは大量にあるから、しばらく材料には困らないだろう。今シーズンの看板メニューはポトフで決まりだな。

「ポトフに入っている材料ってなんだったかしら？」

「玉ネギ、ニンジン、ジャガイモあたりだな」

「どれもポビックさんのお店で売っているわね」

「よし、行ってみよう！」

こんな場所に長居は無用だ。手に入れたシャウグレートを手分けして持ち、俺たちは迷宮を後にした。

ヘロッズ食料品店で必要なものをそろえた。金を勘定しながらポビックじいさんがカゴに野菜を詰めていく。

「玉ネギにジャガイモにニンジンか。なにを作るんだ？」

「新メニューのポトフだよ。とんでもなく美味いのができる予定だからぜひ食べに来てくれ」

「ほほう、ポトフか。ポトフといえばメランダさんの得意料理だったな」

昔を懐かしむように言ったポビックじいさんの言葉に驚いてしまった。

「じいさんも覚えていてくれたんだな」

「あの店で何度食べたかわからないぞ。ところでポトフを作るのならベイリーフはいいのか？」

「ベイリーフ？」

「メランダさんはいつも入れていたんだよ」

「そりゃあいいことを聞いた。だったらベイリーフももらおうか」

昔なじみはこういうときにありがたい。

「夜にはできるから来てくれよ」

買い物かごを腕に提げ、ヒュードルに飛び乗って店まで戻った。


羊皮紙のレシピを読みながら俺とシュナは料理に取り掛かった。

「まずは鍋に水を張るか」

魔法で水を出そうとする俺をシュナが止める。

「どうせなら徹底的にやりましょう」

「徹底的にってどうするんだ？」

「水は慈愛の女神ユーラの雫を使うの」

荒れた大地を一滴で潤したと伝えられるユーラの雫は聖女が使う大魔法だ。その水は人々を心身共に健やかに導くと伝えられる。魔法薬の原料にもなる貴重な水らしい。

「大丈夫なのか？　もしも食べられないものができちまったら……」

「安心して。薬を作るつもりでビーカーに水を入れるから」

それなら平気かもしれないし、まだ料理は始まったばかりなので取り返しがつかなくなることもないだろう。

「よし、シュナに任せるぜ。最高のポトフを作ろう」

「ポトフって言わないで！　料理を意識すると失敗しそうだから……」

「わ、わかった」

心配したけど、シュナは首尾よくユーラの雫を鍋一杯分作り出すことに成功した。

「よかった、上手くいって。間違ってエグゾの百毒ができたらどうしようかと思っちゃった」

エグゾの百毒は解毒不能と言われている猛毒だ。魔界の軍団長エグゾの尻尾から分泌されると伝えられる。

どこをどう間違ったらユーラの雫がエグゾの百毒に変化するのだろう？　不可解ではあったが、今はポトフに集中だ。

「次はテトランドンの骨の表面を軽く焦げ目がつくまで焙るぞ」

これは俺がやることになった。シュナに任せると消し炭か灰になってしまうからだ。

骨は大きすぎたのでナイフを使って小さめに切る。焙った骨を勝利の電鍋に入れてタイマーを三時間にセットした。

普通の鍋ならもっと時間がかかるだろうが、勝利の電鍋ならこれで問題ない。きっと最高のスープが取れるはずだ。


時間が来て最高のスープが出来上がった。一口ずつ味見をしたが、出汁の深みがまるで違う。

「ユーラの雫、テトランドンの骨、勝利の電鍋がこれを作り出したんだな。ここに野菜とシャウグレートが加わったらどうなるんだ？」

「とりあえず二人前だけ作ってみましょうよ！」

シュナにせっつかれてポトフの仕上げに入った。

出来上がったスープで野菜とベイリーフを煮込み、最後にシャウグレートを加えてもうひと煮込み。塩とコショウで味を調えれば完成だ。

黄金色のスープに映える野菜とソーセージ、上り立つ香り、ここまでは完璧にできている。

「食べてみるか……」

「ええ……」

緊張しながらポトフを口に運んだ。

懐かしいばあちゃんの味が一瞬したが、その後からやってきたのはとめどもない多幸感だった。

なんだ、これは!?

シャウグレートの中に凝縮された旨味、野菜の滋味、テトランドンの出汁の深み、すべてが混然一体となりユーラの雫に包まれている。

「こ、こいつはすげえ……。こんなものを俺たちが作ったなんて信じられねえ……」

「これこそ看板メニューにふさわしいわね」

「ああ、さっそくメニューに加えておこう」


天国のポトフ（パン付き）　……一二〇〇ゲト

そうこうしているうちにポビックじいさんが常連たちを連れてやってきた。

「おう、今夜はジンがうめえものを食わせてくれるそうじゃねえか？」

「夕飯を抜いてきたんだ、まずかったらぶん殴るからな、ガハハハッ」

じいさんたちは勝手なことを言って騒いでいる。

「大人しく座って待っとけ、みんなの寿命を延ばしてやるからよお！」

「寿命を延ばすたぁ大きく出たじゃねえか。そんじゃあ楽しみに待つとするか」

さっそく五人前のポトフを用意した。

「おまちどうさん」

「ほお、なかなか美味そうだ」

「おしゃべりは後にして食ってみろ。びっくりするからよ」

食べたじいさんたちはぜんいんが夢見心地だった。

「うめえ……はは……ははは……うっ…………」

「おい、ピックル、しっかりしろ！」

「バランもどうした？」

夢見心地を通り越して昇天しかけているじゃねえかっ！

「シュナ、蘇生魔法だ！」

「あぁもう、本当に世話が焼ける！」

シュナの活躍で店から死者を出す事態は免れた。危ねえったらありゃしねえ。

「天国はいいところじゃったぁ……」

「べっぴんの女神さまがほほ笑んでいたよなあ」

こちらの心配をよそに、じいさんどもはのんきなものだ。

「さてポトフの続きを食べるとするか」

死にかけたのにまだ食う気か？

「じいさんたちはもう食うな！」

「そうはいくか、こんな美味いものを食い残したら死にきれねえ！」

「死んでも食うからな！」

結局、常連たちはポトフをすべてたいらげ、元気に引き上げていった。幸いにして再び天国の門を叩いたじいさんは一人も出なかった。

＊＊＊

閑古鳥が鳴いていたカフェ・ダガールにも少しずつだがお客が増えた。店先にラクダの水飲み場を設けたのが要因の一つだろう。

迷宮で見つけた大きな空樽を持ち帰って、半分に割り、ラクダの水飲み場を作ったのだ。これが旅人に受けた。

看板メニューであるポトフも売れているが勝利の電鍋は小さく、大量生産はできない。一日に二十人前が限度で、こちらは今後の課題でもある。

カフェとは関係ないがシュナの解毒薬もよく売れている。収入を得るため、迷宮で手に入れた素材で作った薬を店頭に並べているのだ。

ゴーダ砂漠にはサソリや蜘蛛などの毒を持つ生物が多い。これらは夜行性だが、うっかり刺されてしまう人は後を絶たない。シュナの毒消しはよく効くと評判を呼び、旅人は必ずひと瓶買っていくほどである。

そのせいであいつはプチバブルだ。態度もちょっとだけ大きくなっている。

「カフェにお客が来なくてもいいんじゃない？　なんなら私がジンを養ってあげるから。そこに這いつくばってお願いすればだけどね」

「よく言うぜ、居候のくせに……」

「はい、十日分の宿泊費。できたら部屋をスイートに替えてほしいんだけど」

「そんなものねえよ！」

ただ、シュナは金銭的に余裕ができても迷宮にはついてきた。単なる暇つぶしかもしれないけど、俺としてはありがたい。

「もしかして、ついてくるのは俺のことが好きだから？」

「単なる暇つぶしよ」

とのことだった。

迷宮レベル：68
迷宮タイプ：神殿

嫌いな神殿タイプなのでシュナは大きなため息をついていた。この日のボスは断罪の司教といって亡者の一種。魔物ながら信仰を押し付け、そのくせ己の罪に気づかない正義マンタイプの嫌な野郎だった。

コイツはちょっと不思議な武器を使う。大きな経典を振り回すのだ。角の部分が当たったらさぞや痛いことだろう。

「痛いなんてもんじゃないわよ。ミスリル銀でできているんだから」

頭蓋骨陥没は必至だな。

「背徳者め、許しを請え！」

断罪の司教は叫びながら攻撃してきた。分厚い金属の経典を二つに分けて楽器のシンバルのように持ち、こちらの頭を潰そうとしてくるのだ。

「あれに挟まれると洗脳されるわよ」

「洗脳？　即死の間違いじゃないのか？」

「本当に敬虔な信者になるのよ。ゾンビとしてだけどね」

「たまったもんじゃねえな」

子どもの頃から俺にとって神殿とはサボる対象だ。信仰心は欠片くらいしか持ち合わせがない。それに、無理やり信心っていうのが気に食わない。こいつは俺の手で討ち取るとしよう。

「祈れ！」

「やかましい！」

経典を躱して切り込み、断罪の司教を討ち取った。

戦闘が終わると普段どおりに祭壇が出現した。ところが宝箱はどこにも見当たらない。今回は外れの迷宮だったようだ。

「だから神殿は嫌いなのよ！」

シュナは悪態をついたが、俺は地面に落ちている分離したままの経典に注目した。拾い上げてみると、経典には頭を挟むための薄い窪みがついている。

「これ、ホットサンドを作るのにいいんじゃないか？」

「なにそれ？」

「帰ったら食わせてやる。それを食べればシュナの機嫌も直るはずだ」

「本当かしら？」

少なくとも、人の頭を挟むよりパンを挟む方が数億倍マシということはたしかだった。

店に戻ると、かつて経典だった鉄板をよく洗った。それを軽く熱し、バターを塗る。バターはできる限りたっぷり、それが美味しさの秘訣だと映画で見た記憶がある。

鉄板にパンを置き、パンの上にチーズ、ハム、トマトを置いて、さらにもう一枚パンを置く。そして上からもう片方の鉄板で挟んだ。

分厚い鉄板だからいい感じにプレスされているだろう。正確に言えば、鉄板ではなくてミスリル銀板か。

「でもって、火炎魔法だ」

左手の指を鉄板の下に、右手は上にして炎で焙っていく。しばらくするとバターに焦げるパンの匂いが店内に充満した。もうこれくらいでいいだろう。

上の鉄板を外すとサンドイッチは美味しそうなきつね色になっていた。

「美味しそうじゃない」

「我ながらいい出来だぜ。さあ、食べてみようぜ」

ナイフでホットサンドを半分に切るとほっこりとした湯気が立ち上がった。外はサクサク、中のチーズはトロトロだ。

一口食べたシュナがほほ笑む。

「バターがたっぷりで罪の味がする」

断罪の天使が持っていた経典で作ったのに？　ずいぶんと皮肉が利いている。

「二人で一つじゃちょっと物足りないな。もう一つ焼くとするか」

「次は私にやらせて」

「シュナがぁ……？」

「お願い、火で焙るところだけでいいから」

それがいちばん心配なのだ。シュナがやればサンドイッチが黒焦げになってしまう恐れがある。

「ユーラの雫を使ったらポトフが美味しくなったじゃない？　あれと同じで、ネクソルの炎を弱火で使ったらホットサンドがさらに美味しくなる気がするの！」

本当だろうか？

「弱火にできるのか？」

「このとおり」

シュナは左右の指からネクソルの炎を出す。悪魔を焼いたときのような勢いはなく、小さな火炎が揺れているだけだ。これなら大丈夫か……。

確率は低いだろうが天使のホットサンドができるかもしれない。大穴狙いに俺も賭けてみる気になった。

「試してみるか」

準備が整うとシュナは鉄板にネクソルの炎を放った。今のところ問題はない。揺らめく炎はちょうどいい火力で鉄板を熱している。この火力なら焦げることはないだろう。

「よし、もういいぞ！」

シュナは聞き分けよく炎を収める。これなら上手くいったのではないだろうか？

ワクワクしながら鉄板を開いてみたが、そこにあったのはきつね色のホットサンドではなく、真っ白な物体だった。

「これ葬送の聖餅じゃねえか？」

「そう……だね……」

葬送の聖餅は死者の口に含ませるパンのことだ。そうすることで死者の魂が力を得て、天国へ辿り着けると信じられている。

「あれ、まるっきりの嘘よ」

「そうなの？」

「パンだけで天国へ行けるわけがないじゃない。神殿が小銭を稼ぐためにでっち上げているのよ」

「でも、シュナが作った聖餅は特別じゃないか？」

この聖餅からは特別な波動を感じるぞ。

「そうかもしれない……」

これを口に含ませたらどんな悪党でも天国へ行けるのかもしれないぞ。裏のマーケットでプレミア価格がついてしまうかもしれない。

俺は目の前の聖餅をつまんで一口かじってみた。

「まっず！」

特別な聖餅かもしれないが、味は最低だった。

その後シュナは二度と聖餅を作ることはなかったが、カフェ・ダガールには新メニューが増えた。

ホットサンド　……七〇〇ゲト

レパートリーの増えたメニュー表を見ながら、俺はご満悦だった。

ドリンクメニュー
水　……二〇〇ゲト
氷水　……二五〇ゲト
コーヒー　……三〇〇ゲト

アイスコーヒー……四〇〇ゲト
カフェオレ……四〇〇ゲト
アイスカフェオレ……五〇〇ゲト
ハチミツ水……五〇〇ゲト
スライムタピオカミルクティー……七〇〇ゲト（おすすめ！）
奇跡のホットチョコレート……六〇〇ゲト（おすすめ！）
魔法のジャムティー……五〇〇ゲト（期間限定）

フードメニュー

ガーリックトースト……三〇〇ゲト
チーズトースト……四〇〇ゲト
アボカドトースト……七〇〇ゲト（欠品中）
魔法のジャムトースト……七〇〇ゲト（期間限定）
ホットサンド……七〇〇ゲト
天国のポトフ（パン付き）……一二〇〇ゲト（看板商品）

ここもだいぶカフェらしくなってきたものだ。

石板に映し出される俺の料理レベルだって7まで上がっている。シュナは相変わらずマイナス24だが、そのことには触れないようにしてやろう。

だが不満もある。実はいちばん売れるのは料理の腕とは関係ない普通の水なのだ。迷宮で拾ってきた銀の水差しに入れて提供しているので少しだけ高級感が出たけどな。これで注ぐと美味しくなるような気がするのだから不思議だ。

迷宮で拾ってきたといえば、これまた拾ってきたランタンを玄関にいくつもつけたぞ。常連のじいさんたちが転ぶといけないからだ。このランタン、実は墓場タイプから拾ってきたというのは内緒である。

「それ、界門への道しるべって呼ばれているんだよ」

シュナが笑いながら教えてくれた。界門とは死者の魂が向かうところだ。死者はここで天国へ行くか、地獄へ行くかを裁かれる。

「まあいいじゃねえか。暗がりで転ぶよりはマシさ。使えるものはなんでも使おうぜ」

「そうね、呪われたアイテムではないからなんの問題もないわ」

界門への道しるべはカフェ・ダガールへの道しるべに生まれ変わったのだ、そういうことにしておこう。

地平線の彼方に交易商人の隊列が揺らめいていた。ひょっとしたら店に寄ってくれるかもしれないと期待しながら見ていると、商人たちは本当にこちらにやってきた。

「シュナ、お客だぞ！」

「んあ？」

ボックス席であぐらをかきながら眠っていたシュナが目を覚ます。

「私だってお客よ、いちいち起こさないでくれる？」

「パンツが見えているんだよ、みっともない。少しは恥じらえ」

「んー……」

めくれ上がったスカートを直してシュナはまた眠ってしまった。シュナはだらしなく、気まぐれだ。手伝ってくれる日もあれば、眠ってばかりのときもある。縛られるのが嫌なようだ。

「よう、ジン！　久しぶりだな」

商隊の中で真っ先に入ってきたのはディランだった。ディランの無事な姿を確認して安堵した。

「無事に帰ってきやがったな。どうだった、ベンガルンは？」

「トラブルの連続で参ったぜ。湖沼地帯のリザードマンがしつこくてよぉ。虎視眈々《こしたんたん》と俺たちを付け狙うから、ほとんど眠れなかったんだ」

そういえばディランは少し痩せた気がするな。

「隠形のディランがよく言うぜ。お前が本気で隠れたら見つけ出せる奴なんていねえだろう？」

「まあそうだが、ラクダや荷物までは隠せねえからな。ほれ、頼まれていたスパイスだ」

ディランは持っていた麻袋を寄こした。

「おお！　ついに来たか。これでドライカレーの開発ができるぜ。ありがとな、ディラン。なにか食っていくか？」

「またメニューが増えているな」

「おすすめは天国のポトフだぜ」

「ふむ、そいつをもらおうか」

「あいよ。先にこいつを片付けてくるからちょっと待っていてくれ」

俺はスパイスの入った麻袋を担ぎ上げて裏の倉庫へ向かった。

＊＊＊

ディランがボックス席へ目を向けると、シュナはぱっちりと目を覚ましていた。

「おかえり。あんたが来るとジンがはしゃいで騒々しくなるわ」

「そいつは悪かったな。邪魔したみたいでよ」

「べつに……」

そっぽを向くシュナにディランは美しいショールを手渡した。水色と群青の二色で染められた、ちょっとシックなショールである。

「ベンガルン土産だ。風通しがよく、手触りもいいぞ」

シュナはびっくりしたような顔でディランを見上げる。

「ありが……とう」

「なーに、前にもらった万能薬の礼だよ。あれのおかげで二度ほど命を救われた」

「そう……。アンタが死ななくてよかったわ。そんな知らせを聞いたらジンが落ち込むから。アイツが落ち込むと鬱陶《うっとう》しいのよ」

「あれで感じやすい性格だからな」

シュナはポケットをごそごそと探り小瓶を取り出す。

「お代わりよ」

「すまねえな」

「鬱陶しいのは嫌いなだけだから……」

裏口の扉が開きジンが戻ってきた。

＊＊＊

「よし、天国のポトフを食わせてやるからな。こいつは本当に美味いんだ。美味すぎて死にかけたじいさんが二人もいるんだぜ。な、シュナ」

ディランが帰ってきて俺はご機嫌だった。それに待望のスパイスが手に入ったのだ。嬉しくないわけがない。

だが、俺はそこではたと気がついた。肝心かなめのコメのことを忘れていたのだ。

これではドライカレーは作れても、ドライカレーライスにはならないではないか。

「ディラン、コメは手に入らないだろうか？」

「コメというと、あの食べるコメか？」

「そうだ。すっかり忘れていたのだが、これがないと俺の料理は完成しないんだよ」

「ふーむ、ちょっと難しいな。このへんでコメを作っているのは巨人族の谷だけだぞ」

巨人族の谷は砂漠の奥の太陽の神殿を越えたそのまた先だ。しかも普通の人間は入ることが許されない。見つかれば即刻逮捕され、公開処刑になるとの話を聞いたことがある。

「こっそり行ってコメを盗む？　やるなら付き合うけど」

シュナはワクワクした顔で訊いてくるが、ディランはそれを止めた。

「やめておけ。巨人族は一筋縄ではいかないぞ。囲まれればジンでも危ないだろう」

そうだよな、料理のためとはいえ泥棒はよくない。

そのうち手に入ることもあるだろうから我慢するか。今はすっぱりと諦め天国のポトフの用意に取り掛かった。

「シュナ、ディランに水を出してやってくれ」

「客をこき使うな」

シュナはブツブツと文句を垂れながらも、魔法でコップに水を注いでいた。

俺はスープを温めてソーセージを用意する。シャウグレートの在庫も少なくなってきたな。

また、レベル３８４の荒野タイプに挑戦しなくてはならないようだ。

「な……」

天国のポトフを一口食べたディランは、驚きのあまりスプーンを落としそうになっていた。

「美味い！　こんな美味いポトフは初めてだ！」

「おう、大いに褒め称えてくれ」

「まさか、ジンにこんな美味いものが作れるとはな」

「本当のことをいうと、俺だけの力じゃない。この味はシュナの協力がないと出せないのさ」

「そうね」

シュナは相変わらずの仏頂面だが、心なしか眉間のしわが浅い。機嫌がいいのだろう。

北へと旅立つディランをシュナと見送った。次に会えるのはいつだろう？　少し寂しいが、次は泊まっていくとディランは言っていた。そのときは秘蔵のネクタルを開けて楽しむつもりだ。喜ぶディランの顔を想像して俺も嬉しくなった。

「シュナはディランのことを気に入ったのか？」

「なによ、藪から棒に」

「ディランに出した水、あれはユーラの雫だろう？」

慈愛の女神ユーラの雫を出すには大量の魔力を消費しなければならない。シュナなりに気遣ってくれたのだろう。

「お土産をもらったからそのお礼。それだけよ。それに……（ジンの友だちだからね）」

それに、のあとは言葉が続かず、シュナは店の中に入ってしまった。

＊＊＊

午前中にポピックじいさんの孫娘のマイネが配達に来た。若いながら上手にラクダを乗りこなしているところは、さすが砂漠の民である。マイネは野菜やコーヒー、ハムの塊などをカウンターの裏に積んでいく。

「配達ごくろうさん。ホットチョコレートでも飲んでいくか？」

「いいの!?　ありがとう！」

マイネはそろそろ十四になろうという年頃だが、飲み物ではしゃぐところはまだまだ無邪気だ。モリニージョで泡立てたホットチョコレートを飲むと、マイネは大きなため息をついた。

「おじいちゃんたちはこんなに美味しいものを飲んでいたのね。ちっとも知らなかった」

「美味いだろう？　みんなにも宣伝しておいてくれよ」

「わかった。友だちにも自慢しておく」

マイネの友だちがカフェで飲み物を頼める金を持っているとは思えなかったが、それでもかまわない。こうした地道な草の根活動が将来実を結ぶかもしれないのだ。繁盛店への道は長く険しい。

「ところでジンとシュナは夫婦なの？」

ホットチョコレートの髭《ひげ》をつけたマイネが無垢な瞳で質問してくる。思わずどきりとしちまったぜ。シュナも動揺を取り繕うように水を飲んでごまかしているように見えた。

「いや、違うぞ」

「そうよ、私はカフェ・ダガールのお客さんなの」

「正確には居候な。宿屋は廃業しているんだから」

マイネは疑わしそうに俺たちを見比べている。

「ふーん。でも、仲がいいからずっと一緒にいるのでしょう？　お友だちなのね」

「まあ、そんな感じかな……」

俺とシュナは二人して曖昧な返事しかできなかった。

改めて考えてみると、シュナはいつまでここにいるのだろう？　シュナがいる生活が当たり前になっていて失念していたが、シュナはここにいてもいいのだろうか？　めずらしく倫理的に物事を考えちまった。

「ご馳走様でした！」

カウンターに空いたカップを置き、マイネが立ち上がった。

「おう、また配達に来たらなにか飲ませてやるよ」

「ありがとう、ジン。私、お手伝いを頑張るよ」

マイネは嬉しそうに去っていった。

「ジン、お腹がすいた」

シュナが飯を要求してくる。こいつが作るとろくなことにならないから、料理はすっかり俺の役割になっちまった。薬がよく売れているので宿泊費は二十日先の分までもらっている。当分去る気はないのだろう。

シュナのせいで計画が狂っちまったな。エスメラに去られて、俺は孤独に生きていこうと決めていたのに……。

「野菜とハムのスープでも作るか。ん？　ちょっと待て、団体客だ」

店の前に二十頭を超えるラクダが到着した。あいつらはなんだろう？

窓から様子をうかがったが、交易商人にしては荷物がないし、巡礼者とも様子が違う。

ひょっとして盗賊だろうか？　ぜんいんが完全武装というところが怪しい。マイネが帰ってちょうどよかった、始末するところを子どもには見せたくない。

ラクダから降りた一人が日除けの布を脱ぐと、濃紺の髪がそこからこぼれた。シュナと同じ瞳の色をした女だったが、なにやら意地悪そうな目つきをしている。

「見ろよ、性格の悪そうな女だな。美人だけど」

「姉のシエルナよ」

シュナはため息交じりに教えてくれた。

「はっ？　シュナの姉さん？」

「性格が悪いっていうのは当たっているわ」

シュナは事も無げに言うと表へ出ていった。

凶悪な紫外線が降り注ぐ砂漠で姉妹は対峙した。

「ついに探し当てたわよ。あなた、お父さまとお母さまがどれだけ心配しているかわかっているの？」

シエルナのヒステリックな叫びにシュナは肩をすくめる。

「お父さまとお母さまが心配しているのはパイエッタ家のメンツでしょう？　私のことじゃないわ」

「当然よ！　あなたは家に恥をかかせて平気なの？」

「十歳のときから神殿に預けられているのよ。家族の情なんて湧かないわよ。家名に誇りも感じないもの」

「なっ！」

吐き捨てるようにシュナは言い、シエルナは信じられないことを聞いたという表情だ。とことん噛み合っていない二人を見物して、俺は笑いがこみ上げてくる。

「今ならまだ間に合うわ、私と一緒にガーナ神殿に帰るのよ」

「間に合うってなにが？」

「聖女よ！　今帰れば、あなたの聖女としての地位は保証されるの」

「そんなものにはなりたくないって何回言ったらわかるのかな。みんなバカなの？」

「バカはあなたの方でしょう？　わかっているの？　聖女なのよ！　みんなが憧れる存在じゃない！」

「だったら姉さんがなればいい」

シエルナは絶句してしまった。

なりたくてなれる存在じゃないことはじゅうぶんわかっての嫌味だろう。性格の悪さはシュナも負けていないようだ。だが、なりたくないのに無理にやらせることもないだろうにとは俺も思う。

「力づくでも連れ帰るわ」

シエルナは後方に控えた手下に合図を送った。

手下は二十人強、それなりに腕の立ちそうなのが交じっている。だが、少々シュナをなめすぎてはいないか？　それともシュナの家族はこいつの実力を見誤るほどの愚か者なのだろうか？

「シュナ」

「なによ？　助太刀ならいらないわよ」

「いや、シュナは父ちゃん母ちゃんのことをお父さま、お母さまって呼ぶんだな。ちょっと笑えるんだけど」

「べつにいいでしょっ！」

やっぱりシュナはいいとこのお嬢様だったんだなあ。

「くだらないおしゃべりはそこまでよ！　あなたたち、さっさとシュナを捕まえなさい。多少ならけがをさせてもかまわないわ」

シエルナはそう命令したが、リーダー格の男は怯えていた。

「待ってくれ、相手が悪すぎるぞ」

「聖女候補とはいえ相手は女の子一人じゃない。あなたたちにいくら払ったと思っているの！」

「俺たちが聞いていたのは子爵家ご令嬢の奪還だ。無影のジンを相手にするとは聞いていないぞ！」

俺の顔を知っている奴がいたようだ。俺は知らないけど。

シエルナは初めて俺に注意を払った。

「なんなの、あなたは？」

「俺？　俺はこのカフェの店主。でもってシュナは居候」

バカにされたと思ったのだろうか、シエルナの眉間に深いしわが寄る。その顔は少しだけシュナに似ていた。やっぱり姉妹なんだなあ……。シュナに言ったら殴られそうだから黙っておくけど。

シエルナは配下の男を怒鳴りつけた。

「たかがカフェの店主をどうして怖がるのよ？」

「国いちばんの剣士だぞ。王都から姿を消してしばらく経つが、こんなところにいたとは……」

優しい俺は一言だけ忠告しておくことにした。

「アンタらさ、シュナとやり合うのはやめておいた方がいいぜ。こいつ、めちゃくちゃ強いから」

話しながらもう一歩前に出ると奴らは一斉に後ろに下がった。

「そんなに怯えるなって。それよりなにか飲んでいかないか？　おすすめはホットチョコレートだけど、スライムタピオカミルクティーも美味いぞ」

熱さのせいかシュナはイライラしている。

「敵に飲み物をすすめてんじゃないわよ！」

「だって二十人以上いるんだぞ。六〇〇ゲト×二十人で一万二千ゲトの売り上げじゃねえか！」

「バカね……」

イライラしているのは姉のシエルナも一緒のようで、耳に障るキンキン声を張り上げた。

「飲み物なんていらないわよ！　いいからさっさと捕まえて！」

だが、動く者は誰もいない。

「金は返す。悪いが俺はやらん。まだ死にたくないからな」

リーダー格の男がキッパリと言って背を向けると他の男たちもそれに続いた。

「ちょ、ちょっと、あなたたち！　戻ってきなさい！　なんなのよぉっ！」

ラクダから落ちそうになりながらシエルナも逃げていった。

「どうすんだ、シュナ？」

「べつに……。連れ戻しに来たら追い払うから」

「ここから逃げなくていいのか？」

「他に行きたいところなんてないもん」

シュナはいつものポーズで肩をすくめてみせる。その仕草は投げやりな態度のように見えて、私はやりたいようにやるという決意の表れのようでもあった。

そして、俺はそんなシュナが気に入っている。

「入ってコーヒーでも飲むか？」

「アイスカフェオレがいい。コーヒーは濃いめ、砂糖は多め、ミルクはモリニージョでよく泡立てて、しっかり氷で冷やしてね」

「……おう」

うちの居候は腹が立つくらい図々しかった。

＊＊＊

シエルナが逃げ帰って十日が経過した。あれから特に変わった出来事は起きていない。追手が現れることもなく、不審者がこの付近をうろつく様子もない。ただちょっとだけ風の強い日々が続いているだけだ。

シュナは定位置であるボックス席に陣取り、今日も大股を広げたまま座って居眠りをしている。眉間にしわを寄せ、口からは涎《よだれ》が一筋。これを見てシュナが聖女だと思う人間はいないだろう。

ひときわ強い風が吹いてカフェの建具をガタガタと鳴らした。どうやら砂嵐が近づいているようだ。

日暮れにはまだ時間があるが、今日はもう店じまいにしてしまおう。常連のじいさん共もこの風の中では外出しないはずである。

「シュナ、起きろ。店を閉めるから手伝ってくれ」

「んあ？」

突如、ものすごい轟音と共に店の前の砂が大きく跳ね上がった。

「もう嵐が来たの⁉」

「違う、空からなにかが落ちてきたんだ」

俺たちは表に出た。

「なに……あれ……？」

「信じられんが……ＵＦＯだ……」

ＵＦＯとはun なんちゃら…… flying ……o なんちゃらの略だ。許してくれ、前世の記憶は曖昧なのだ。英語となればなおさらである。

とにかく、カフェ・ダガールの前に銀色の宇宙船が着陸していた。

「宇宙って、空の向こうのことよね？」

「ああ、とんでもないことになったな」

しばらく見守っていると宇宙船のハッチが開き、中からコボルトのような生物が出てきた。

コボルトといえば犬の頭を持つ獣人のことだが、このコボルトもどきは銀色の宇宙服を着ている。

身長は一六〇センチくらい、犬種的にはフレンチブルドッグに近い感じだ。体毛は白地に黒のぶち模様だった。

「メタルコボルト？」

「そんな種類はいねえ、あいつはおそらく宇宙人だ」

俺たちの姿を認めた宇宙人はタブレットを取り出していじりだした。

「なにをしているのかな？」

「おそらくだが、翻訳アプリを起動しているんだ」

「アプリってなに？」

「えーと……便利なものだ」

苦しい言い訳につっこまれる前に宇宙人が話しかけてきた。

「お騒がせして申し訳ございません。私はシルカウント星からやってきました。ダルダルと申します」

第一声は「我々は宇宙人だ」じゃないのか……。どういうわけかがっかりしている俺がいる。

声から察するにこの宇宙人は男性らしく、疲れた中年の声をしていた。

「そのシルカウント星人のダルダルさんがどうしたんだい？」

「うっかり補給を忘れまして、航行中にエネルギーが尽きてしまったのです。面目ない」

つまりガス欠のようなものだだな。ダルダルさんは黒くつぶらな瞳をキラキラさせながら恐縮

していた。

「そりゃあ大変だったな」

「しかし、この付近でエネルギー物質を検知しました。微量ですが、ないよりはマシですので不時着して回収しに来た次第でして……」

「宇宙船のエネルギーがゴーダ砂漠にねぇ」

「はい。私も驚いています」

未知の物質というのは案外身近なところにあるものなんだなあ。

「で、そのエネルギー物質とやらはどの辺に？」

「あの建物の裏あたりですね」

「あの建物ってカフェ・ダガールだな……」

「あの裏手、地下一〇〇メートルのところに存在しています」

俺とシュナは顔を見合わせる。

「それって、ゾル状瘴気No.マイナス24のことじゃねえか！」

シュナが作り出したベリージャムの失敗作である。まさかあれが宇宙船のエネルギーになるとは思いもよらなかった。

さっそく掘り返したが、ありがたいことにガラス容器は割れていなかった。でもダルダルさんは浮かない顔をしている。

「補給所にたどり着くには少々足りないかもしれません」

がっくりと肩を落としたダルダルさんは哀れだった。この星の代表としてダルダルさんを見殺しにするわけにもいくまい。

「心配すんな。足りなければ作りゃあいいんだから」

「作る？　合成装置がこの星にあるとは思えませんが？」

「なーに、ベリーと砂糖とシュナがいればなんとかなる！　な、シュナ」

「しょうがないなあ……」

材料と電鍋を用意して、シュナはさっそく作成に取り掛かった。俺はダルダルさんを奇跡のホットチョコレートで歓待する。

「私、この星の貨幣を持っておりませんが……」

「こいつは俺からのサービスだ。遠慮なくやってくれ」

「ありがたく頂戴します。人の情けが身に沁みますねぇ……」

フレンチブルドッグみたいな宇宙人が涙ぐんでいる。姿かたちは違えど、人の情は共通なのかもしれない。

「ダルダルさんはなんでこんなところに？」

「私は運送業をやっていますので」

「ああ、配達の途中だったんだね」

「はい、ブラックフライングデーなんてなくなってしまえと思うんですがね……」

なんだそりゃ？　怪訝な顔をしていたのだろう、ダルダルさんが説明してくれる。

「年末在庫一掃セールみたいなもんですよ。この時期は死ぬほど忙しいのです、はい」

「なるほどね。どんな商売にもかき入れ時っていうのはあるもんなあ」

そうこうしているうちに電鍋のタイマーが鳴った。

「できたわよ」

「おう、ごくろうさん。どれどれ……」

期待に胸を膨らませて見たのだが、鍋の中にあったのは美味しそうなジャムだった。

「まともなジャムを作ってどーすんだよ！」

「しょうがないでしょっ！　作りたくてやってんじゃないんだから！」

「喧嘩はしないで。争いはなにも生みだしません」

宇宙人は平和主義者だった。たしかにダルダルさんの言うとおりだ。それに、数量限定のジャムが増えたのだ。これは喜ばしいことでもある。

「材料はまだある。もう一度やってみよう。今度は失敗するなよ」

「自信がない……」

「シュナ、俺のために美味しいジャムを作ろうと考えろ」

「えっ？」

「明日の朝はカフェオレとベリーのジャムを塗ったトーストを食べるんだ。そんなふうに想像しながらやってみろ。そうすれば必ずゾル状瘴気№.マイナス24ができるはずだ」

「わかった、やってみる」

この作戦は上手くいき、ダルダルさんは必要な量のエネルギーを手に入れることができた。

「ありがとうございました。本当に助かりました」

「いやいや、俺もアレを埋めとくのは心配だったんだ。おかげで砂漠の汚染を回避できたよ」

「汚染って言うな！」

「まあまあ、喧嘩はしないで。これはつまらないものですがどうぞ」

ダルダルさんがラッピングされた箱を手渡してきた。

「気を遣わなくてもいいのに」

「いえいえ、そういうわけにはいきません。でも、本当につまらないものですよ。姪っ子にあげようと思っていたおもちゃですから」

シュナはその場で箱を開けた。

「……これはなにかしら？」

「まさか、光線銃⁉」

箱の中にあるのは前世の記憶にある光線銃にそっくりだ。

「そんな物騒なものじゃありませんよ。これはアドアドフレーバー・クンカクンカという調理器具、というかおもちゃですな」

この光線銃を対象に向けて撃つと、ぶどう、イチゴ、サクランボ、リンゴ、アーモンド、バナナ、メロン、レモンの八種類のフレーバーをつけることができるそうだ。

「人に向けて撃っても平気ですよ。パーティーなどでやると盛り上がります」

さっそくシュナが撃ってきた。

「ほんとだ、ジンからぶどうの匂いがする！」

「おい、紫色になっているぞ、俺」

「安心してください。この星が三〇度回転する間に消えますから」

「だったらいいか」

俺もダイヤルを回してシュナを撃った。

「うお、リンゴのシュナだ！」

「あはは、おもしろーい！」

めずらしくシュナが大口を開けて笑っている。

「仲良きことは美しきかな」

平和主義者のダルダルさんは満足そうにうなずきながら宇宙へ帰っていった。

アドアドフレーバー・クンカクンカのおかげで新商品ができた。アーモンド風味とバナナ風味のホットチョコレートである。

さっそくメニューに追加したが、お客からの評判は上々だ。ポビックじいさんの孫娘のマイネはバナナ風味がお気に入りである。

そして、俺はこのアドアドフレーバー・クンカクンカのさらなる活用を求めて新魔法を研究中だ。

左手に水魔法、右手に風魔法を発動させた。右手の風は火炎魔法で作った二酸化炭素を圧縮させたものだ。この右手の風を左手の水へ圧入させたいのだが、どうしても安定しない。それが目下の悩みだった。

「つまり、こうしたいの？」

「はえ？　おま……それ……」

やはりシュナは魔法の天才だった。俺のやりたかったことをいともたやすく成功させている。レベルが違いすぎて、もはや悔しさすら感じないぞ。

「なに、この魔法？」

「炭酸魔法だ」

「で、このシュワシュワする水はなんなのよ？」

「それは炭酸水だ。この壺へ入れてくれ」

　空中に浮かんでいる炭酸水のボールをシュナは静かに壺へ注いだ。

「それでどうするの？」

「先ほど作っておいたシロップをこの炭酸水で割るのだ。シュナはなんのフレーバーが好きだ？」

「ん～、今日の気分はメロンかな」

　俺はダイヤルをメロンに合わせ、アドアドフレーバー・クンカクンカでシロップを撃った。

無色透明のシロップは緑色に変化して、メロンの香りを漂わせる。

　無果汁とは思えないほど、本物に近い香りで驚くばかりだ。さすがは宇宙のテクノロジー、まさにコズミックファンタジーである。

「で、どうするの？」

「こうするのさ」

　グラスにシロップを注ぎ、炭酸水で割ればメロンソーダの出来上がりだ。

「え、きれい……」

「飲んでみろ」

　促すと、シュナは素直に口をつけた。

「シュワシュワする！　それにメロンの味だ！」

「成功だな。よし、俺はイチゴソーダを作ってみるぞ」

これを応用すればさまざまなフレーバーのソーダ水が提供できるだろう。

「レモンソーダも飲んでみたいな」

「ちょっと待て、バナナソーダという壮大なる実験が先だ」

「マッドマジシャンの実験みたい！」

ワイワイとやっていたらドアの鐘がお客の来訪を告げた。

「相変わらず騒々しい店だな」

やってきたのは不機嫌な顔のドガだった。

「誰かと思ったらドガじゃねえか。どうした、また仕事か？」

「そうではない、ちょっと寄ってみただけだ」

いつもは大勢の使用人や弟子が一緒なのに今日は一人である。

「おまえまさか……」

「なんだ？」

「地元に友だちがいないのか？」

「うるさい！　いつも人に囲まれているから、たまには一人でのんびりしたいと思っただけだ」

「ふーん、そうかい」

一人になりたいのならゴーダ砂漠という選択は悪くない。

「ちょうどよかった、新商品の開発中だったんだよ。ドガの意見も聞かせてくれ」

「ほう……、また変なものを作っているのだろう」

「ソーダ水っていうんだ。飲んでみろよ」

ドガの返事を聞く前にメロンソーダのグラスを押し付けた。

「この色はなんだ？　自然界に存在する飲み物とは思えんが……」

「いいから飲んでみろって」

ソーダを飲んだドガが驚いている。

「発泡ワインに似ているな。これはどうやって作るのだ？」

「炭酸水にフレーバーシロップを加えたんだ」

一流の料理人であるドガはそれだけでだいたいわかったようだ。

「なるほど、だがこれほど強い炭酸水があるとは知らなかった」

地域によっては天然の炭酸水が採れる場所もある。だが、炭酸魔法で作るほどの強炭酸ではないのだ。

「これは風魔法と水魔法で作ったんだよ。シュナがな」

「そういうことか……」

シュナの魔法のすごさはドガもよくわかっているので一発で納得したようだった。

「このシロップはどうやった？　果物の痕跡がないのだが……」

「そいつは宇宙から来たダルダルさんのおかげだ」

「は？」

ダルダルさんのことをドガに説明した。

「まったく、ここは常識外のことばかりが起こる」

「そんなに褒めるなよ」

「呆れているんだ！」

「それよりさ、ドガに頼みがあるんだ。アイスクリームを作ってくれよ」

「お前はまた気軽に言うな。私はレストラン・ゴージャスモンモランシーのオーナーシェフ、ドガ・ザッケローニだぞ！　私の料理を食べるためにどれほどの人間が……」

「かたいことを言うなよ」

俺はアドアドフレーバー・クンカクンカでドガをレモンフレーバーにした。

「ドガが黄色くなった。プッ、うける！」

シュナは大喜びだ。

「な、なにをするか！」

「ドガレモン」

「なにがドガレモンだ！」

「たまにはいいじゃねえか、ドガにも撃たせてやるからさ」

黄色い顔で絶句していたドガだったが、光線銃をひったくると俺に向けて撃った。電子音と共にダークレッドの光が俺を包む。

「チェリージンの出来上がりだ」

「ドガ、私も撃って」

めずらしくシュナもノリノリだぞ。

「く、くらえっ！」

ドガはダイヤルを回してシュナを撃った。少しだけ楽しそうな顔になっている。

「私はアップルシュナね」

「俺たちはフルーツ戦隊だ。名乗りを上げるぞ。俺はチェリージン」

「アップルシュナ！」

「ド、ドガレモン……」

恥じらいを捨てきれていないな。

「よし、今日の俺たちは同じ仲間だ。というわけでアイスクリームを作ってくれ」

ドガは大きなため息をついたのちに訊いてきた。

「材料はあるのか……？」

こいつも緊張の毎日を送っているのかもしれない。アホなことをして脱力したあとは、少しだけ和らいだ表情でアイスクリームを作ってくれた。

出来上がったアイスクリームは最高だった。都でもアイスクリームは食べたが、これほど美味いのを食べるのは初めてだ。

「久しぶりにドガの料理を食ったけどやっぱり美味いな」

「当然だ。ところで、どうして急にアイスクリームなんだ？」

いい質問である。

「それはな、これをこうして、こうするためだ！」

緑色のメロンソーダにぽっかり浮かぶアイスクリームの白い島。懐かしのクリームソーダの完成である。前世以来だなあ……。

その日は、あーだ、こーだと騒ぎながら三人でクリームソーダを堪能した。

＊＊＊

迷宮レベル：67
迷宮タイプ：森

本日の迷宮には栗林があり、大きな栗の実がいっぱい落ちていた。イガ付きの栗は俺のこぶしをはるかに上回るほど大きい。これだけ大ぶりなら食いでがあるだろう。

「拾っていこうぜ。これでなにか作るから」

「ん……」

「おっと、そのまま拾おうとするなよ。足でトゲトゲを踏みつぶしてから拾うんだ」

栗はイガがあるのでそのまま拾えば指を怪我してしまう。ブーツで踏みつぶしてグリグリすると中身が出てくるので、それを拾うのだ。

「最低でも三〇〇個は集めるからな」

「マロングラッセが食べたい」

「マロングラッセかぁ……。俺は作り方を知らないから、ドガが来たら作らせようぜ」

「それがいいわね。冷凍しておけば問題ないでしょう」

マロングラッセは無理だが、焼き栗くらいなら俺でも作れるだろう。それか炒め物にしても美味しそうだ。

「栗ご飯が食べたいなあ」

「栗ご飯？」

「ふるさとの味だ」

「ジンの故郷はここでしょう？」

「うむ、前世の話だ」

「ああ……」

俺の前世は異世界人で、生まれ変わってこの世界に来たことをシュナはあっけないほど簡単に信じてくれた。素直じゃないし、ツンツンしているのだが、そういった柔軟性はあるようだ。

ワーム系の魔物が何体も出てきたが、軽く排除しながら栗拾いを続けた。

「こっちの袋はもういっぱいだぞ。シュナの方はどうだ？」

「もう少し入るかな」

ひょっとしたら二人合わせて五〇〇個以上拾ったかもしれない。これだけあれば糖尿病になれるくらいマロングラッセが食べられるだろう。

糖尿病というのは肥満や過食、運動不足などが原因でインスリンが作用しにくくなり、血糖値が高い状態が続く病気……だったような気がする。

のどの渇き、頻尿、疲れやすいなどの症状がともなう。進行すると心筋梗塞、脳出血、脳梗塞などの合併症を併発する恐ろしい病気だ。

この世界でも富裕層が罹る病気の代表格らしい。俺の記憶が確かなら、前世の日本でも完治は不可能だったはずだ。（注・俺が死んだ時点で）

「なあ、シュナは糖尿病を治せるか？」

「うん、できなくはない。疲れるからやりたくないけど」

さすがは剣と魔法のファンタジー世界！　再生魔法や蘇生魔法もあるくらいだから糖尿病もなんのそのかよ。

「神殿の仕事で何回かやったことがあるわ。ものすごい治療費を吹っかけるのよ」

「いくらくらい？」

「三千万ゲト」

ぼったくりもいいところだな。だが、富裕層にとってはたいした金額じゃないのかもしれない。富は平等に広がらず、常に偏在するものか……。

藪の向こうから大きな足音が聞こえてきた。姿を現したボスは大きなイノシシだった。ここの栗の実を食べているのだろう、まるまるとよく肥え、筋骨も隆々だ。大きさはインド象くらいある。

「アルテミーのイノシシね」

「アルテミーさんって誰よ？　友だち？」

「バカ、戦の女神よ。本当に知らないの？」

「なんで女神がイノシシを飼っているんだよ？　食用か？」

「違うわ。アルテミーは貢ぎ物を忘れた民に大イノシシをけしかけるのよ」

やくざの取り立てみたいである。そうやって神の権威を誇示しているのかもしれない。ひょっとすると人間には理解できない理由があるのかもしれないけど……。

アルテミーのイノシシは牙を打ち鳴らしながら向かってきた。こすり合わせる牙から火花が飛んでいるところを見ると、歯は金属でできているのだろう。

イノシシの突進に魔剣ヒュードルを抜き合わせた。斬撃はイノシシの目を狙ったが奴は太い首を動かして剣を牙で受ける。金属のぶつかり合う嫌な音がして、俺は後方に跳ね飛ばされた。

「大丈夫、ジン？」

「平気だ。シュナは栗でも拾っていてくれ」

「ん、そうする」

シュナは足でイガを踏みつぶしだした。大イノシシは調子に乗り一気呵成《いっきかせい》に俺を責め立てる。たいしたもんだ、牙で岩を真っ二つにしてやがる。

「女神のペットは伊達じゃないな」

「頑張れ～、私のペット」

「誰がペットじゃっ！　居候が調子に乗んなっ！」

イノシシは強力だったが、動きが直線的すぎた。猪突猛進《ちょとつもうしん》とはこのことだ。踏み込みつつ避けて、こめかみに斬撃を叩き込んで討ち取った。

討伐が終わると、アルテミーのイノシシの牙はナイフに、体は普通のイノシシサイズに縮んでしまった。過食部分は減ったが、これはこれで運びやすくてよい。

祭壇と宝箱も現れた。

「宝箱の中身はレシピと素材よ。カツレツの作り方ですって」

「こっちのナイフもよく切れそうだ。イノシシを解体するのに役立つだろう」

運びやすいようにイノシシの四肢をロープで縛っていく。作業をしながら鼻歌が出てしまうほど俺は嬉しい。

「機嫌がいいわね」

「こいつの肉でカツサンドを作ろうと考えているんだ」

「カツサンド？」

「前世のおぼろげな記憶だが、でっかいカツサンドを出す店が繁盛していた気がするんだよ」

「そんなものかしら？」

「間違いない、大きなカツサンドさえ出しておけば、客は喜ぶ」

客以前に俺が食べたいんだけどね。だってさ、宝箱にはとんかつソースまで入っていたんだぜ。これはもう作るしかないだろう。

その日の昼からカツサンドをメニューに載せた。アルテミーのイノシシはジューシーで非常に美味い。

レシピにあるとおりにやったら肉厚のカツが非常に美味しく揚がったぞ。サクサクジューシーで常連たちも満足そうに食べている。

といっても、カツをパンに挟んでソースをかけただけなんだけどな。俺としては、美味しいけどなにかが足りない気がしている。

「うむ、なかなか美味いな。だが年寄りにはでかすぎるぞ。次はばあさんと来る」

「おう、ハーフサイズを用意しておくぜ」

異音がして、店の前に宇宙船が着陸した。常連たちは驚いていたが、俺とシュナはわかっていた。彼がやってきたのだ。

「ジン、魔物じゃ！　メタルコボルトの襲来じゃぁあっ！」

宇宙服を身に着けたダルダルさんを見てじいさんたちは大騒ぎだ。

「魔物じゃねえ、シルカウント星人のダルダルさんだ」

「どーも！　ジンさん、シュナさん、先日はありがとうございました」

「困っているときはお互いさまだ、気にすんなって」

「これはつまらないものですが、ウチの畑で採れたゴルマンクレンです」

ダルダルさんは義理堅く、お礼の品を渡すために〇・〇一光年ほど遠回りをしてくれたそうだ。

もらった袋を開けてみると中から出てきたのは大きなキャベツだった。

「おお、ゴルマンクレンってキャベツのことか！」

「この星ではそう呼びますね。私は兼業農家でして」

「思い出した！　カツサンドにはキャベツの千切りだよ！」

足りないと感じていたのはこれだった。剣士に剣が必要なように、トンカツにはキャベツがつきものだ。手に入れたばかりのナイフを取り出して、俺はキャベツの千切りを作った。

手を動かしていると記憶の方も徐々によみがえる。調味料はソースだけではなくマヨネーズも欲しいところだ。卵と酢とオリーブオイルで作れたはずである。次回は用意するとしよう。

「ダルダルさんも食べていってくれよな」

キャベツの千切りを挟んだカツサンドをダルダルさんにも出した。

「ジン、キャベツの千切りを俺のカツサンドにも挟んでくれや」

「あいよ」

常連の皿にも千切りを載せていく。

「お、こいつを入れるとずっと美味くなるな」

「そうだろう？　やっぱりトンカツにはキャベツだぜ」

カツサンドは宇宙人の舌にも合ったようで、ダルダルさんも絶賛してくれた。

「これを食べるために、この星に寄るというのもありですね。それと、カツサンドにはグンテキプラポネルが合うかもしれません」

「グンテキプラポネル？」

ダルダルさんは自分のバッグをごそごそしている。

「これのことです」

出てきたのは黄色いものが入ったチューブである。

「グンテキプラポネルってからしのことかよ！」

しかも和がらしじゃねえか！　からしをつけたカツサンドは懐かしい味がして。思わず目頭が熱くなった。

「ジン、泣いているの？」

シュナがからかうように聞いてくる。

「うるせえ、からしが鼻にしみたんだよ……」

俺はげんこつでグイッと鼻をすすり上げた。

第五話　過去との決別

めずらしく空に薄い雲がかかった午後だった。村にけが人が出たとのことでシュナは治療に出かけている。なんでも建築現場で事故があったらしい。

俺たちのことを怖がる村人はいまだに多いけど、背に腹は替えられないのだろう。こんな辺境に治癒師はいないのだ。

シュナはぶつくさ文句を言っていたが、知らせを聞くなり手早く荷物をまとめて砂の上を走っていった。そのスピードたるやラクダより速かっただろう。帰ってきたら、ご褒美に甘いアイスオレでも作ってやるとするか。

そんなわけで俺は一人で店を切り盛りしていた。こんなときに限って交易商人の団体が来ていて店は混み合っている。

「アイスコーヒーの方はどちらですか？」

「こっちだ、こっち！」

「ミルクティーはまだかい？」

「もう少々お待ちください」

一人で二十人以上のお客をさばくのは骨が折れる。いっそ無影脚でも使おうかと考えてしまうくらいだ。店の床が傷むからやらないけどな。

次のオーダーに取り掛かっていると商人たちの会話が聞こえてきた。

「あいつ、どうなったかな……？」

「案内人のことか？　そりゃあ、もう今頃は……」

商人たちは飲み物に口をつけて黙り込む。俺は嫌な予感がして声をかけた。

「なにかあったんですか？」

「いや、ちょっとな……」

交易商人たちの歯切れは悪い。

「案内人がどうとか言っていましたよね」

「ここに来る手前で魔物の群れに襲われたんだ。なんとか撃退できたんだが、案内人が深手を負ってしまってね……」

「その案内人は？」

「動けなくなってしまったから置いてきたよ」

「…………」

俺の視線にいたたまれなくなったのか、他の交易商人が言い訳をする。

「仕方がなかったんだ。治癒師はいないし、薬も尽きていた。それに、案内人は大きすぎて運ぶことはできなかったんだよ。半巨人だったんだよ、彼女は」

半巨人というのはハーフの巨人族に対する蔑称だ。巨人族のハーフで彼女？　俺の中で不安が大きくなった。

「俺たちだって損害を受けているんだぜ。本当のことをいえば案内はスツールまでだったんだ。まだ道の途中だよ。まあ、砂漠を越えられたからいいけどさ」

「その護衛の名前は？」

「たしか、トーラと名乗っていたな」

心配は的中した。トーラは一度カフェ・ダガールに来てから、何度もこの店を旅人に紹介してくれている気のいい案内人だった。

「トーラはどこにいる？」

「あんた、知り合いかい？」

気まずそうな商人たちは視線を落とす。だが、こいつらにかまっている暇はなさそうだ。

「トーラはどこにいると聞いている」

「ゴ、ゴーマの大岩の方向だ」

ここから徒歩で三時間の距離だ。ヒュードルを最高速度で飛ばせば十分もかからずに着くだろう。

「おーい、ミルクティーはまだかい？」

最前の客が聞いてきたが、そんな余裕はなかった。

「悪いが今日はもう店じまいだ、あとは勝手にやってくれ」

俺は手早く荷物をまとめる。

「おい、俺たちはまだ来たばかりだぜ」

「…………」

剣を抜いて床に投げると客は一斉に押し黙った。俺は浮いているヒュードルに飛び乗る。

「すまねえ」

一言だけ言い置いて砂の海へと躍《おど》りだした。


太陽はだいぶ西に傾いていたが、俺は夕暮れを歓迎した。灼熱の中にいるより、傷ついたトーラにとってはいくらかマシだろう。

だが、急がなくてはならない。月のない夜の砂漠は暗闇に包まれる。そうなればトーラを捜し出すのに時間がかかりすぎてしまうからだ。

風の運ぶ砂が口の中でジャリジャリしたが俺は冷静だった。幾千もの修羅場を潜《くぐ》り抜けてきたのは伊達じゃない。冷静に自分ができることを最大限やる、それがもっとも有効な手立てだということを俺は知っていた。

目的地が近づいてくると、俺はヒュードルの高度を上げた。空中でのホバリングはできないので、できうる限り速度を落として滑空する。

その状態で周囲を見回すと、砂の中に異物を発見した。横たわったその姿はいつもよりずっと小さく見えた。

「トーラ、しっかりしろ！　俺だ、ジンが来たぞ！」

ピクリともしないトーラの鼻先に手を当ててみると微かだが呼吸が感じられた。

それにしてもひどいものだ。トーラは全身傷だらけで衣服は血に染まっている。これまで生きていられたのは彼女に流れる巨人族の血のおかげだろう。巨人族はとにかく生命力が強いのだ。

傷をあらためているとトーラが意識を取り戻した。

「あたしゃ夢を見ているのかい？　ジンがいるよ……」

「夢じゃねえよ。本物のジンのお出ましだ。まずはこれを飲め」

シュナ特製の万能薬を飲ませた。

大抵の場合はこれ一つでなんとかなるのだが、トーラの傷は多すぎた。しかもこれは一般的な成人男子に処方する量である。あいにく手元には一瓶しかなく、体の大きなトーラには足りないようだ。

それでも出血はだいぶ治まった。

「あちこちやられているな」

「敵が多かったからね」

頭部、腕、腹、背中、脚、全身が傷だらけだ。

「都合の悪いことにシュナは留守なんだ。その代わり傷薬を持ってきた。よく効く薬だから安心してくれ。服を脱がせてもいいか？」

「恥じらっている場合じゃないね。いいから気にしないでやっとくれ」

トーラは俺に気を遣って苦しそうに笑顔を見せた。こんなときにもトーラは優しくて、俺の心は痛む。魔物が残っていたなら皆殺しにしても飽き足らない気分だった。

傷に障らないように慎重に装備を外して服を脱がせると、巨大な乳房がぼろんとこぼれ出た。

「すまないねえ、みっともないものを見せちまって」

照れ隠しのようにトーラはへっへっと笑っている。本当は見られたくなかったろうに……。

俺は彼女の言葉を無視して手当てを続けた。

「傷口を洗うぜ、染みるかもしれないが我慢しろよ」

「かまやしないからやっとくれ」

水魔法で傷をよく洗っていく。万能薬が効いていて血はわずかに滲むだけだ。まずは大きな背中の傷に乳白色の軟膏を塗り込んだ。

「っ！」

「しみるのか？」

「少しびっくりしただけさ」

シュナの薬はよく効き、傷はみるみるうちに塞がっていった。

「腕が動くようなら、前の傷には自分で塗ってくれ」

傷は胸の上や太ももの付け根のあたりにもあったのだ。トーラはふらつきながらもしっかりと薬を塗っていた。

軟膏を塗り終わると傷口が開かないように包帯で巻いた。

「まだ痛むところはあるか」

「もう……ない……よ……うぐっ、ぐしゅ……」

トーラの目からとめどなく涙が溢れていた。

「みっともないところを見せてごめん。本当は怖くて仕方がなかったんだ。でも……ジンが来てくれて……命が助かって……うぅ……」

トーラにマントをかけてやった。

「同じ状況だったら、俺だって怖くて泣いていたと思うぜ」

「無影のジンが？」

「ここだけの話、俺は案外ビビリなんだ。内緒だぞ」

トーラは微かに笑ってくれた。

「動けそうか？」

「ああ、いけると思う」

そう言って立ち上がろうとしたトーラだったが、よろめいて膝をついてしまった。

「血を流しすぎたな」

薬のおかげで傷は塞がっているが、流した血までは戻らない。

「よし俺が運ぶ」

「そんな、無理だよ……」

「照れているのか？」

「バカ！　ただ私は大きいから……」

「無影のジンをなめんなよ」

ヒュードルを砂の上に置いてから、トーラの背中と太ももの裏に手を入れて持ち上げた。その状態で剣に乗る。

ヒュードルは一瞬沈みかけたが、大量の魔力を送ってやると再び浮かび上がった。

「平気か？」

「ああ、お姫様になったみたいで気分はいいよ」

「よし、飛ぶぞ」

カフェ・ダガールまでは十分くらいだ。シュナほどではないが、俺だって保有魔力量には自信がある。それくらいならもつだろう。

闇が東の空から侵食して、西の空だけが異様に赤い。少し強くなった横風を受けながら、俺

は家路を急いだ。

カフェ・ダガールまで戻ってくると、シュナがカウンターにポツンと座っていた。先ほどまでたくさんいた客は一人もいなくなっている。店主が消えて、みんな帰ってしまったのだろう。

「なにがあったの？」

シュナは俺の腕の中のトーラを素早く観察した。

「トーラが魔物に襲われたんだ。そのうえで砂漠に置き去りにされた。放っておくこともできないから迎えに行ってきた」

「処置は？」

「万能薬を一本飲ませた。それだけじゃ足りなそうだったから傷薬も塗ってある。傷が開かないように包帯も巻いた」

「包帯も？」

シュナは厳しい目でトーラに巻かれた包帯を確認していく。これでも叩き上げのＳランク冒険者だ。応急処置くらいはばっちりできるぞ。俺の処置は及第点を取ったようで、シュナは文句をつけなかった。

「二階で休ませるよ。ベッドは少々小さいだろうがな」

トーラを抱いたままだったので狭い階段を上るのには苦労した。それでもなんとか担ぎ上げ、ゲストルームのベッドにソファーを継ぎ足して寝かせる。シュナはついてきて、黙ってその様子を眺めた。

「痛むところはないか？」

トーラは疲れきっていたけど強がってみせた。

「男にベッドまで運ばれたのは初めての経験だよ。想像以上に悪くないもんだね」

「あとで飯を届ける。それまでは眠ってな」

「ああ、そうさせてもらうさ……」

俺とシュナが扉を締め切る前には、もうトーラの寝息が聞こえていた。

一階に降りてきた俺はシュナに提案した。

「迷宮へ行こうぜ。トーラに精のつくものを食べさせてやりたいから」

「……私はやめとく」

いつになくシュナはそっけない。眉間のしわはなかったけど、無表情で感情は読み取れなかった。

「どうした、具合でも悪いのか？」

「少し疲れたの」

村人の怪我がひどかったのだろうか？　治療でシュナが魔力を使い尽くすこともないだろうが……。

「わかった、シュナの分も食材を調達してくるさ。休んでいてくれ」

なんとなく不機嫌なシュナを置いて一人で迷宮へ向かった。

迷宮レベル：12
迷宮タイプ：洞窟

シュナの協力がなくても余裕で攻略できるレベルだった。ここなら利き手を一切使わなくてもボスを倒せるだろう。

ただ、少しだけ落ち着かなかった。考えてみれば、この迷宮に一人で入るのは初めてのことだ。

じいさんの遺言書を読み、最初にここへやってきたときから俺の横にはシュナがいた。誰もいない右側がぽっかりと空いた穴のように感じられる。

そこはかとない寂しさを感じたが、シュナの不在をねじ伏せるように俺は通路の真ん中を歩いた。

幅は五メートルほどの穴だった。壁には等間隔に松明がともっていたが、道は緩やかなカーブを描いているので先がどうなっているかはわからない。

魔物の気配を探りながら、普段と変わらない歩調で歩いていく。ひょっとして、俺がトーラに優しくしたからシュナは嫉妬した？

「そんなことあるわけないか……」

迷宮に集中していない自分に腹が立って、落ちている小石を蹴った。強めに蹴ったせいで石は飛ばず、砂になって消えていく。

化け物がなにを感傷に浸っているのか、と自嘲めいた笑いがこみ上げた。少し落ち着こう。なにか食材を得て、美味いものを作って食わせてやればシュナの機嫌も直るだろう。都合のいいことに魔物の群れがやってきたようだ。

「よう、歓迎するぜ。ちょっとざらついた気分なんだ」

俺は巨大な螻蛄《おけら》の群れにそう告げた。螻蛄は体長が八〇センチほどもあり、ギーギーと嫌な声で威嚇《いかく》してくる。横穴を掘って出てきたのだろう、気がつくと螻蛄は俺の後ろにもいた。

「挟み撃ちとは知恵がまわるじゃねえか」

だが、虫の策略など知るもんか。敵が前にいればそれを斬り、後ろにいればまたそれを斬るだけだ。

魔剣ヒュードルを抜いてまずは前方の群れを、続いて後ろにいた群れを斬った。時間にして十秒もかからない。体を動かしたおかげでシュナのことを少しだけ忘れられた。

「おかげでちったぁ落ち着けたよ。感謝するぜ」

魔物の亡骸に軽く手を振って先を進んだ。


洞窟にはキノコが点在していた。こいつの名前はナムトゥール茸。都の中央迷宮の奥地にも生えていたので俺でも知っている。長期遠征ではおなじみである迷宮飯の定番だ。

栄養は少ないらしいが、たき火で焙っただけでも美味しく食べられる。地上では高級食材として高値で取引されることもあるくらいだ。

これを持って帰って料理すればシュナもトーラも喜んでくれるだろう。見つけるたびにナムトゥール茸を摘みつつ、迷宮の奥を目指した。

ここのボスは体長が四メートルもある巨大なムカデだった。顎のところにある牙から猛毒を分泌することで有名だ。噛まれると強烈な痛みがあり、体が硬直して死に至ることもある。

だがそれも、噛まれればの話だ。一刀のもとに斬り倒して戦闘は終了した。

宝箱にはムカデを使ったレシピが載っていた。毒を心配したけど、加熱すれば分解されると書いてある。きちんと下処理をすれば、この大ムカデは濃厚なロブスターのような味になるそうだ。

となれば、ナムトゥール茸と大ムカデのクリームシチューなんてどうだろう？　少しだけ復活したやる気を胸に抱いて、俺は大ムカデを担いで洞窟を引き返した。

保存しやすいように大ムカデをぶつ切りにした。今日使わない分は氷冷魔法で冷凍しておく。ダガール村は海から離れているので海老はめずらしい。常連のじいさんたちに食わせれば喜んでくれるだろう。といっても、こいつは海老ではなくて大ムカデだけどな。食品偽装表示はよくないから、メニューにはしっかり『エビ風シチュー』と書いておこう。

ぶつ切りにした大ムカデをよく洗ってから鍋で茹でた。たっぷりの水やお湯を使うのは、砂漠では贅沢な調理法だ。水魔法が使える奴の特権ともいえる。

だが、しっかり水洗いした方がムカデの臭みは抜けるらしい。手を抜かずに下処理を淡々とこなしていく。

やがて鍋の中の身は白くしまり、殻は青と赤に染まった。これを取り出して殻をむく。なるほど、ぷりぷりの身は海老にそっくりだ。

軽く塩を振って味をみたが、濃厚なうま味はロブスター以上だった。

「こいつは期待以上だな」

下処理が終わった大ムカデに玉ネギやニンニクを加えて炒めていく。そこに野菜とナムトゥール茸を入れて、小麦粉を振りかけてさらに炒める。

粉っぽさがなくなるまで炒めたら、テトランドンの骨から取ったスープを入れて煮込むだけだ。

煮込みにはもちろん勝利の電鍋を使うぞ。これはもう、優勝を通り越して圧勝のシチューができるに違いない。

完成したシチューの味見をすると、実に美味しくできていた。さっそく皿に盛り、トーラの部屋を訪ねた。

寝ているかと思ったがトーラは目を覚ましていた。

「飯を食うかい？」

「さっきからいい匂いが二階まで漂っていたんだ。お腹がグウグウ鳴いているよ」

「そいつはちょうどよかった」

サイドテーブルの上に俺はシチューを置いた。

「かまうことはねえから、そのままベッドで食べな」

「悪いけどそうさせてもらうかねえ」

「なんなら食べさせてやってもいいんだぜ？」

「そいつは遠慮しておくよ。シュナに怒られちまうからね」

そんな心配はいらないと口から出そうになったが、俺は言葉を飲み込んだ。じっさいのところシュナがなにを考えているかはわからないのだ。

トーラはシチューを一口食べて絶賛する。

「こんな美味いシチューは初めてだよ。これはエビかい？」

「いや、大ムカデとナムトゥール茸のシチューだ」

「大ムカデ！　あいつがこんなに美味いとは知らなかった」

ムカデに対する忌避感はないようで、トーラはお皿のシチューをすべて腹に納めた。

「ふぅ、おかげで人心地ついたよ」

「まだお代わりはあるぜ」

「もうじゅうぶんいただいた。少し休ませてもらうさ」

「ああ、そうするといい」

皿を片付けていると、横になったトーラがぽつりと聞いてきた。

「ジンとシュナはどういう関係？」

以前、マイネにも同じことを聞かれたな……。

「シュナはうちの居候だ。あれは図々しいから一生うちにいるかもな」

シュナがいつまでここにいるかはわからない。だが、ずっとここにいてもいいと俺は思っている。

「そうかい……」

トーラはもそもそとベッドの中で動いてため息をついた。

「ここはあたしには狭すぎるね……。明日には出発するよ」

「おいおい、慌てなくてもいいだろう？」

「なーに、ハーフとはいえあたしも巨人族さ。回復力だって並じゃないんだよ」

そう言うとトーラは毛布をかぶって横を向いた。俺は空いた皿を持ってゲストルームを後にした。

＊＊＊

ジンが入ってきたときからシュナは壁に耳をつけて隣の部屋の様子をうかがっていた。シュナの部屋はトーラが運ばれた部屋の隣だったのだ。

我ながら幼稚で恥ずかしいことをするという自覚はあったが、シュナは聞き耳を立てることをやめられなかった。

ジンがトーラを抱き上げているのを目撃して、シュナは心臓をぎゅっと締め付けられるような思いがした。シュナは男に抱きかかえられた経験がない。

父はおろか、母にだって抱っこされた記憶はほとんどないのだ。そういうのはもっぱら乳母やメイドの仕事だった。

それだってごく幼い頃までのことであった。早熟だったシュナは人の手を煩《わずら》わせないいい子として幼年期を過ごしていたからだ。

それなのにどうしてトーラだけが？

トーラは大怪我をしていたし、ジンでなければトーラを運ぶことはできなかっただろう、それはわかっている。だが、頭では理解していてもモヤモヤとした気分は晴れない。

怪我を治療したのも包帯を巻いたのもジンだろう。

ジンはトーラの裸を見て欲情した？

ひょっとしてジンはトーラが好きなの？

声は聞こえないけど無言のままにキスをしたりしていない？

さまざまな疑問がシュナの頭の中を駆け巡っていく。煩悶するシュナはガチャリと鳴る扉の音で正気に戻った。ジンがトーラの部屋から出てきたのだ。

シュナは慌てて自分のベッドに飛び込み、頭から毛布をかぶった。とにかくジンに会いたくなかったのだ。拗ねている自分はいつも以上に醜いだろう。

「シュナ、飯ができたぞ。食べようぜ」

シュナは息を殺してジンを無視した。心の中では「早くどこかへ行きなさいよ！」と毒づいたが、シュナの意に反してジンは部屋に入ってきた。

「シュナ？　開けるぞ」

鍵をかけておかなかった自分を恨んだが後の祭りだ。

「なんだ、寝ていたのか……」

そっと扉を閉める音、続いて階段を軋ませてジンが下りていくのがわかった。

ばかぁああああああああああ！

シュナは心の中で叫ぶ。それはジンに対する怒りであり、うまくいかない世の中への怒りであり、成長できない自分への怒りでもあった。

＊＊＊

翌朝、トーラはすっかり元気を取り戻していた。さすがは巨人族の回復力だ。玄関口に立つトーラの姿に怪我の名残はない。

「ずいぶんと世話になっちまったね。この借りは必ず返すよ」

「いいってことさ。またお客を紹介してくれ」

トーラはじっと俺を見つめる。なんだか視線が熱いが気のせいか？

「危ないねぇ……。ジンの背がもう少し高かったら……、いや、私がもう少し小さかったら惚れちまっているところだよ」

「そうかい？　お世辞でも悪い気はしねぇな」

トーラは大きく手を振って去っていった。あいつが元気になってほっとしたぜ。

だが、問題がすべて片付いたわけではない。シュナは今朝も不機嫌なままだった。さて、どうしたものか……。

「店を開けるには少し早い。シュナ、迷宮へ行かないか？」

「ん……」

昨日のように断られるかと思ったが、シュナは同意してくれた。ただ、普段よりずっと口数は少ないままだったが。

迷宮レベル：71
迷宮タイプ：森

中途半端に高いレベルである。

「このままいくか、それとも入り直して１４２にするか？」

「どっちでもいいわ」

機嫌は完全には直っていないようでシュナの態度は少しだけ投げやりだ。それでも探索に集中することはできているようだった。

森タイプの迷宮では魔物も含めて食材となるものの出現が多い。だが今日はそういったものを一つも見つけられないまま迷宮の奥地までやってきていた。

俺たちを出迎えたのは一本の巨木だ。高さは一〇〇メートルを超えている。

「おいおい、まさか世界樹だなんて言うんじゃないだろうな？」

「なにをバカなことを。私も見たわけじゃないけど世界樹は広葉樹よ。これは針葉樹じゃない」

「うん、チクチクする」

目の前の大木は松のような針葉樹である。

「おそらくこれはブンガヤパインね」

「聞いたことがねえなあ」

「本来は北方の山岳地帯に生える松の仲間よ。地竜が好んでこの実を食べるらしいわ」

聖女候補だっただけのことはあってシュナは博識だ。

「実ってこれのことか？」

俺は地面に落ちていた松かさを持ち上げた。俺の顔二個分より大きい。

「きっとそれね。皮をむけば五十個くらいの種子が入っているはずだわ」

「食用になるんだよな？」

「ドラゴンが好んで食べるくらいよ。ブンガヤの実は健康にとてもいいの」

常連のじいさんたちが喜びそうだから、持って帰るとしよう。

持参した麻袋にブンガヤパインの実を詰めていると大きな足音が響いて地竜が現れた。体高は三メートルくらいで一般的なドラゴンよりは小型だ。

前世で観た恐竜映画にこんな奴がいたな。自分の食料を奪われて怒っているのだろう、歯をむき出しにして威嚇してくる。

「こいつは食えるのか？」

ドラゴンテールシチューとか、名前だけなら美味そうなんだが。

「無理。血に毒があるわ。魔法薬の材料にはなるけどね」

食えない奴に用はない。俺の頭にかぶりついてきたところをヒュードルの一閃で首を落とした。

宝箱にはレシピが入っていた。ブンガヤの実を使ったタルトの作り方だ。そういえば前世で松の実のタルトを食べたことがあるような気がする。詳細までは思い出せないけど美味だったはずだ。きっとあれと似た感じになるのだろう。

宝箱にはアーモンドプードルをはじめとした他の材料や器具も入っていたので、すぐにでも作れそうだ。

「この金属のお皿はなに？」

「タルト型だ。帰ったら美味しいブンガヤタルトを作ってやるぞ」

「ふーん……」

機嫌は悪くなかったけど、いつもの明るさがシュナにはなかった。

その日の午後ディランがやってきた。約束どおり遊びにやってきたそうだ。仕事にも慣れたのだろう、ターバンを頭に巻きラクダに乗った交易商人姿が板についている。

「部屋はあるんだよな？　今夜は泊めてもらうから一緒に飲み明かそうぜ！」

「おう、大歓迎だ。夜はとっておきの酒を出してやるから楽しみに待っていろ」

裏に埋めてある秘蔵のネクタルを掘り起こすとしよう。

日も暮れて常連客たちが去ると、俺とシュナとディランは店で夕食をとった。本日のメニューは大ムカデの炒め物とブンガヤパインの実のローストだ。

ブンガヤパインは思ったとおり常連のじいさんたちの心を射止めていた。これを食べると動悸や息切れがすっと治まるらしい。

「都で売ったら大儲けできそうな食いもんだな」

ボリボリとブンガヤを噛みしめながらディランがうなずいている。

「どうだ、商売の方は？」

「ベンガルンで仕入れた香辛料がよい値で売れたよ。俺も数年で大商人の仲間入りかもな」

交易商人の利ザヤは大きいが、それだけにリスクもでかい。言ってみれば己の命をベットして行う賭け事みたいなものだ。

「足元をすくわれるなよ」

「わかっている、それでも迷宮の奥地よりはマシさ」

音もなくフォークを置いたシュナが立ち上がった。

「ごちそうさま」

部屋へ引き上げようとするシュナにディランが声をかける。

「もう寝るのかい？」

「アンタたちの邪魔はしたくないから。今夜は男同士でいちゃついてなさい」

シュナは軽く手を振って二階へ上がっていってしまった。

ディランはいぶかし気に俺を見つめる。

「シュナとなにかあったのか？　普段と様子が違うようだが」

「思い当たることはあるが、俺の気のせいかもしれない……」

俺はトーラが怪我をした日のことを話した。

「あれからずっとあんな感じなんだ」

「そりゃあジンが悪い」

「トーラを放っておいたら死んでいたぞ」

「人命救助は尊いさ、命が二束三文でやり取りされるこんなクソみたいな世の中でもな。俺が言っているのはお前のアフターフォローのまずさだよ」

「………」

「そもそもジンとシュナはどうなっているんだ？」

「どうと言われても困る」

あいつはこの店の居候で、俺の生活の一部になりつつある。シュナの前なら俺はありのままの自分でいられる。俺がどんな戦い方をしてもシュナなら怖がらない。俺にはそれが心地よいのだ。

そして俺は知っている。眉間にどれだけ深いしわを刻んでいようとも、シュナのまなざしの奥はいつだって優しいのだ。

「ジン、まだエスメラに未練があるのか？」

「それはない」

それだけは断言できた。ここへ来た当初はエスメラを思い出すこともあったが、最近ではほとんどない。思い出したとしても、頭の隅をかすめる程度だ。

「だったらどうして？　ジンはシュナのことが……。まあいい、人のことをとやかく言うのは主義に反する」

ディランは首を振って、ネクタルのグラスに口をつけた。

俺が踏み込めない理由は単純だった。俺はガキみたいに怖がっているのだ。

もしシュナがここを出ていくようなことがあれば、今度こそ俺は立ち直れないかもしれない、そんなふうに怯えているのだ。

国いちばんの剣士なんて言われていても、中身はこんなものである。

「戦闘時のメンタルは強いくせに、女が相手になるとどうしてこうも弱くなるかね？」

ブンガヤの実をポリポリ噛みながらディランがため息をつく。

「理由は簡単だ。俺が剣を振ることしか知らねえ天才《ばか》だからだ」

「剣の天才がどうしてカフェなんかやっているんだよ？」

「剣の天才でいることが嫌になったからだ」

「ちがいねえ……」

俺とディランは同時にグラスのネクタルを飲み干した。二人とも飲みすぎだった。

＊＊＊

カフェ・ダガールに客が来なくなった。最近は巡礼者や交易商人が一日に二、三十人は立ち寄っていたのだが、ここ数日はまったく寄りつかなくなってしまったのだ。

大陸行路に人がいなくなったわけではない。往来はそれなりにある。ただ、十人が十人ともうちの店を素通りしていく。ちょっとおかしな事態である。

俺のカフェだけならまあそういうこともあるか、と納得できるのだが、客がないのはシュナのところも同じだ。交易商人たちが常に買っていくシュナの薬も、もう何日も売れていなかった。

「商売にはいいときと悪いときがありますからねえ」

がらんとした店の中で、唯一の客であるダルダルさんが慰めてくれた。ダルダルさんは長期バケーションを利用してやってきたそうだ。

「すっかりこの星とカフェ・ダガールが気に入ってしまいましてね。あ、パンのお代わりをお願いします」

「あいよ。コーヒーのお代わりもあるぜ」

夕暮れ前だというのに今日はダルダルさんの他は一人の客も来ていない。退屈したシュナも定位置であるボックス席で居眠りをしている。ダルダルさんがいるので、いつものようなだらしのない姿ではないが……。

俺もやることがなくて、本日五杯目となるコーヒーを自分用のマグに注いだ。そこへやってきたのが深刻な顔をしたポビックじいさんだった。

「いらっしゃい、夕飯かい？」

「いや、そうじゃないんだ」

ポビックじいさんはこの世の苦悩をすべて背負ったみたいな顔をしている。なにやら心に重荷を抱えているようだ。

「どうした、じいさん。孫娘に彼氏でもできたか？」

「冗談を言っている場合ではないぞ、ジン。大変なんだ」

ポビックじいさんは椅子にも座らず話を続けた。

「神殿からお達しがあったのだ。ダガールの住人はカフェ・ダガールに近づいてはならない、とな」

「はあ？　なんだ、そりゃ」

「ダガールの住人だけじゃないぞ。交易商人や巡礼者もこの店には入らないように圧力をかけられているそうだ」

「どうして神殿が？　俺たちは邪神崇拝なんてしていないのにな」

「よくわからんが、神殿と都の貴族が動いているらしい。なんといったかの、なんたらいう子爵家だ」

シュナが蒼白な顔でこちらを見ていた。それでどういうことか俺にも理解できた。

先日やってきたシュナの姉のシエルナが神殿とパイエッタ子爵家に垂れ込んだのだろう。客が来ないと思ったらそういうことか。

シュナは青い顔をしたまま二階へ上がっていってしまった。

ポビックじいさんは申し訳なさそうに頭を下げてくる。

「すまねえ、ジン。そういうわけで常連たちもしばらくは顔を出せない。もっと早く知らせようと思ったんだが人の目があったからよぉ……」

言いつけを破れば神殿から破門を言い渡されてしまうのだろう。ここのじいさんたちは敬虔な信徒ばかりだ。そんなことになれば深く傷ついてしまう。

神官さんだって本当はいい人なのだ。だが、本部からの命令を無視するわけにはいかない。一人一人が善人でも組織というのはこんなふうに動くものだ。

「心配するなって。俺は元Sランク冒険者だぜ。貯えならたっぷりあるから数年は困らないさ」

「そうかもしれんが、この辺の商店はジンに品物を売るなという通達まで来ているんだ」

「そうかい。なんとかしてみるさ。そんなことよりポビックじいさんは早く帰った方がいい。ここにいるところを見られたら厄介だからな」

ポビックじいさんはすまない、すまないと繰り返しながら去っていった。

「やれやれ、面倒なことになっちまったな」

じっさいのところ金はなんとかなる。だが、買い物ができないというのは不便だ。俺にも生活があるので裏山の迷宮だけですべてをまかなうわけにはいかない。

「いっそ引っ越しますか？　ジンさんにはお世話になっていますから、住めそうな星まで送ってあげますよ」

生真面目な様子でダルダルさんが提案してくれた。

「ありがとう、ダルダルさん。でも恒星間移動はめんどうだなあ」

「移民申請も通りづらいですしね」

ふざけている場合ではない。違う星に行くというのは大袈裟だが、別の場所に避難するというのはいい考えかもしれない。

ここからならレッドムーン王国にも行きやすい。シュナに相談してみるかと考えていたらちょうど階段を下りてきた。手には大きなスーツケースを持っている。

「その荷物はなんだ?」

「チェックアウトよ。お世話になったわ」

シュナはすたすたと入り口へ向かう。

「おい、どういうことだ?」

「砂漠にも飽きたの。そろそろ帰るわ」

シュナの考えていることとくらい鈍い俺にもわかった。俺に迷惑がかからないように出ていくのだろう。

「おい、つまらない心配をしなくてもいいんだぞ」

「これは私の問題よ。ジンには立ち入ってほしくない」

にべもなくそう言われてしまえば何も言えないような気になってしまった。振り返ることもなく扉を開けて西日の中へ消えていくシュナにエスメラの姿が被った。

「ここでの生活は……まあまあ楽しかったわ。それじゃあ」

俺は頭の中が真っ白になりその場に立ち尽くしてしまう。ドアがぱたりと締まり、店の中が少し薄暗くなった。

「ジンさん、なにをしているのですか！」

ダルダルさんが俺を咎《とが》めた。だが、シュナは自分の意思で出ていくのだ。俺にどうしろと？

「すぐに追いかけなさい」

「…………」

動かない俺を見て、ダルダルさんの声が少しだけ優しくなる。

「私はかつて妻に出ていかれたんです。こんなふうに西日の強い日でした」

「ダルダルさんが？」

「あの頃はだらしのない男でしたからねえ、あいつも愛想を尽かしたのでしょう。でも、あのとき私が止めていれば、また違った人生があったのかなって思います。少なくともバカンスを一人で過ごすような寂しい中年にはなっていなかったでしょう。後悔しない日はないですよ」

「ダルダルさん……」

「シュナさんを追いかけなさい、ジンさん。今ならじゅうぶん間に合います。なんなら私の船を使ってもいい。ワープ2までなら出せますから」

「なにそれ？」

「光速の三〇〇〇倍ほどです」

シュナを追いかけるのにそこまでのスピードはいらないし、まだ遅すぎるという気もしなかった。

　ヒュードルを抜いて床に放り投げた。

「ダルダルさん、すまねえが……」

「私のことはおかまいなく。店のことも任せてください」

「恩に着る！」

　俺はヒュードルに飛び乗ってシュナを追いかけた。


　村はずれでシュナには追いついた。俺に気がついても目を合わせようともしないでまっすぐ前を向いて歩き続けている。

「待てよ」

「…………」

　声をかけてもシュナの足は止まらない。

「話を聞けって」

「私に命令するな。彼氏かよ……」

　シュナは俺を無視して歩き続ける。

「じゃあ乗れよ」

「は？」

「どこに行くのか知らないが送っていく」

「いらない。私は歩きたいの」

「強情を張るなって」

「しつこい！」

拒絶されるたびに度胸が据わってきたぞ。もう、どうなってもいい、腹を割って話してみよう。

「頼むから乗ってくれ。シュナと離れたくないんだ」

ついにシュナが足を止めた。そしてゆっくりとこちらを振り返る。驚いたことにシュナは目にいっぱいの涙をためていた。

「どうして放っておいてくれないのよ！　私がどんな気持ちでカフェ・ダガールを後にしたかわかる!?」

「まったくわからん！　いいから乗れ！」

「ジンの大バカ！」

シュナは俺の胸を拳で五発も殴ったがヒュードルには乗った。

「どこへ行くんだ？」

「実家……」

「帰るのか？」

「帰ってぜんいんぶっ殺す！」

「ということは都だな。じゃあ出すぜ」

物騒なことを言うシュナだったが、俺は否定せずにヒュードルを動かした。

ダガール村を発ってしばらくすると日が暮れた。暗闇の中をヒュードルに乗って旅するのは危険だ。だが、今さらカフェに帰るのも照れ臭い。

俺たちは勢いで二人旅を始めてしまったのだ。それを仕切り直すのは恥ずかしかったし、こんな行き当たりばったりこそがシュナと俺には似つかわしいような気もした。

「今夜は野宿だな……」

「ん」

文句を言うかと思ったけど、シュナは嫌な顔をせずにうなずいた。むしろ機嫌が元に戻っている。俺は密かに安堵した。

適当な広場を見つけて宿営地とした。月が昇ると夜気は急速に冷えてくる。砂漠を離れたとはいえ、ここはまだ乾燥地帯だ。余分な枝など落ちているわけもなく、おいそれとたき火をするわけにもいかない。基本的な火炎魔法は使えるが、俺の魔法では暖を取るのに適していなかった。

「聖クロスマの炎を使うわ」

聖クロスマの炎は滞留型の火炎魔法だ。その昔、雪と氷に閉ざされた村で人々を救うために何日間も火炎魔法を焚き続けたクロスマ神官の魔法に由来する。

クロスマ神官は神殿の暖炉に火をともし続け、村人たちはなんとか寒波をしのぎきったそうだ。

だが、魔力を使い果たしたクロスマは八日目の朝に息を引き取る。私心なく村人の命を助けた善行によりクロスマ神官は聖人に列せられた。

「偉い人もいたもんだよなあ」

たき火を挟んで俺たちは向かい合って座った。揺らめく炎に照らされるシュナの顔は穏やかだ。

「あれね、本当はそんなにいい話じゃないらしいよ」

「そうなのか?」

「燃料がなくなった村人たちは神殿の蔵書を狙ってやってきたんだって」

「つまり、本を燃やして温まろうとしたわけだ」

「うん。クロスマは蔵書を守るために魔法を使い続けなければならなかったんだって」

聞きたくなかった真実、今年のナンバーワンだな……。

「神殿なんてそんなもんよ」

眉間のしわを深くしながらシュナは吐き捨てた。

「いい神官さんだっているだろう？」

「それはそうだけど……」

そろそろ頃合いかもしれない。たき火の炎は人の心を開いてくれる不思議な力を持っている。

俺はその魔法に期待した。

「なんでそんなに神殿を嫌うんだよ？　なにかあったのか？」

「うん……」

しばらく黙ってたき火を見つめていたシュナだったが、ぽつりぽつりと昔のことを話してくれた。

「つい最近まで聖女になるのは今ほど嫌ではなかったの。ずっとそれが目標だったから」

「そういえば、シュナは神殿で育ったんだよな」

「十歳のときに神殿に預けられたわ。お前は特別な子なんだ、聖女になってたくさんの人々を救うのが使命なんだって、父からは言われたわ」

「それでまじめに修業をしたんだな？」

「まあね……、私は才能があったから修業なんて苦しくなかったし、自分の成長が楽しくもあったの……」

「だろうな、シュナのステータスはよく知っているよ」

料理以外はなんだって優秀な奴なのだ。

「習ったことはなんでもできた、魔法も勉強も。他の人はどうしてできないんだろうって不思議に思っていたくらい。ジンならわかるよね？」

「ああ、身に覚えがある……」

だが成長するにしたがってわかるのだ、自分たちの方こそおかしいということが。

「最終的に聖女候補は二人に絞られたわ。私とステイアという女の子よ。ステイアも優秀だったけど、能力的には私の方が上だった。だけどね、どちらを聖女にするかという結論はなかなか出なかったわ。どうしてだと思う？」

俺は首を横に振った。本当にわからなかったからだ。

「ステイアはとてもかわいらしい子だったのよ。愛想がよくて、誰にでも受けがよかったわ」

「ほーん……、それで？」

「それだけよ」

「へっ？」

つまり能力よりも容姿と性格で聖女を選ぼうとした一派がいたわけか……。

「頭の中が真っ白になったわ。九年間にわたる私の修業ってなんだったのかしらって」

「うむ……」

かける言葉が見つからない。

「それだけじゃない、私は聞いてしまったの」

まだあるのか……。

「神殿の高官たちは強すぎる私の力を恐れて、能力の一部を封印することまで考えていたのよ！」

これはひどすぎる。自分たちで修業をさせておいて、才能が開花したらそれを封印するというのか？　身勝手もここに極まれり、だぞ。

「よくガーナ神殿に火をつけなかったな」

「でしょう？　自制した自分を褒めてやりたいわよ！」

「それで神殿を飛び出したのか？」

「ええ、すべてがどうでもよくなったから。最初は実家に戻ったの。でも、帰ってきた私を見て父は激怒したわ。そしてすぐに神殿に連れ戻そうとしたの」

なんとなく想像がついた。

「私の成長を両親が喜んでくれるのが励みだった。でもね、あの人たちは私の成長を喜んでいたわけではなかったのよ。私が聖女になれば自身の権力が増すから喜んでいた、それだけのことだったのよ」

「それで家出をしてゴーダ砂漠まで来たのか？」

「私が出ていけば神殿はてっきりステイアを聖女に据えるもんだと思っていたわ。ところが私を聖女にしたいという一派もいたのよ」

「権力のしがらみってやつだな」

神の家にも派閥や利権はたくさんあるのだ。

「そういうこと。まさか、こんな形で圧力をかけてくるなんてね」

「どうする気だ？」

「二度と私につきまとわないように、きっちり話をつけてくるわよ！」

殴り合いにならなきゃいいけどな。とはいえ、シュナと殴り合いができる奴はそういないだろう。平和的な解決がなされることを祈るとしよう。

「今度はジンの番よ」

フンッと、大きな鼻息を立ててからシュナがこちらに話を振ってきた。

「俺の番ってどういうことだ？」

「私のことを話したんだから、今度はジンが話す番ってこと。Sランク冒険者だったアンタが、どうして砂漠のほとりでカフェをやっているのよ？」

「そりゃあ、いろいろあったんだ……」

「ごまかさない！」

シュナに気圧されて俺も過去の話をした。子どもの頃のこと、都で冒険者になったこと、エスメラが出ていったことなど……。すべて聞き終えたシュナは眉間のしわを深くした。

「つまり、女に振られて故郷に戻ってきたってこと？」

「簡単に言えばそうなるな」

「くっだらない！」

話をせがんでおいてそれか？　なんだ、その呆れた態度は！

「おまえは鬼か？　神殿の判断は間違っていないぞ！　ああそうとも、シュナじゃダメだ。ステイアとやらを聖女にするべきなんだ！」

「ステイアには会ったこともないでしょう！」

「うるせえ。シュナに聖女なんて似合わねえんだよ！　お前は砂漠で治癒師でもしてやがれ！」

「頼まれなくったってそうするわよ！　この、ヘボカフェ店主！」

俺たちは同時に立ち上がりかけて、言い争いのむなしさに気がつき、また同時に座った。

「女に振られたくらいでいちいち落ち込むな。まあ、あんたに付き合えるバカはそういないでしょうけど……」

騒いだらのどが渇いたので、魔法で作り出した水を飲んだ。渇きを潤したら今度は腹の虫が鳴いた。

「シュナ、食い物あるか？」

シュナは力なく首を横に振る。

「ジンは？」

「食い物はおろか金もねえ」

慌てて飛び出してきたので着替えだってないのだ。

「どうすんのよ?」

「三万ゲトほど貸してくれ」

「ダメ男じゃない……」

否定はしなかった。したところで認めてはもらえなかっただろう。

やることもなくなった俺たちは地面に寝転ぶ。

「シュナ……」

「なによ?」

「腹減った」

「私もよ！　イライラさせないでくれる?」

黙っていると空腹が募るのだ。俺としてはなんとか気を紛らわせたい。

「シュナ……」

「今度はなに?　お腹がすいたとか言ったら殴るわよ」

「しりとりしようぜ」

「バカか……」

たき火の向こうでシュナが呆れている。だが俺はかまわずに切り出した。

「リンゴ」

「…………ゴマ」

ゴマか、ゴマも美味いよな。

「マンゴー」

「食べ物ばっかり言うのやめてくれない？　しかもまた『ご』だし……」

「仕方がないだろう、思いつくんだから。マンゴーだぞ」

「…………ゴマ団子《だんご》」

「それ、ずるくないか？」

「うるさいわね。さっさと負けを認めて寝ろ！」

その晩、しりとりは俺がプリンと言って負けてしまうまで続けられた。

＊＊＊

予定どおり三日で都に到着した。久しぶりに訪れる都だったが、相変わらず大きくて人も物も溢れかえっている。ヒュードルに乗ったままでは連続切り裂き魔になってしまうので、城門の手前で降りて鞘に納めた。

「なかなかいい旅だったな。ホテルは高級だったし、飯も美味かった」

「私のお金じゃない！」

「あとで返すからプリプリすんなって。で、実家はどっちなんだ？」

「アスリー地区よ」

上から数えて三番目くらいに高級な住宅街だ。住みやすいのだが、伝統と格式には欠けるらしい。新興の貴族や富裕な商人が多く住むことで有名な地区だった。

「辻馬車でも拾っていくか」

「距離はあるからその方がよさそうね」

「それじゃあ、よろしく」

何度も言うが俺には一ゲトも持ち合わせがないのだ。

「あんた、厚かましいわよ」

「だから返すって言っているだろう。ダガールへ戻れば金はある。帰りもヒュードルに乗せてやるから、一緒に帰ればいいじゃねえか」

「……そうね。貸した金を回収するためにも一緒にダガールへ帰るわ」

シュナの金で辻馬車を拾ってアスリー地区へ向かった。


パイエッタ子爵の屋敷は立派だった。高い鉄柵に囲まれた前庭は芝生で覆われ、蔓薔薇《つるばら》がピンク色の花をつけている。漆喰の壁は白く、手入れが行き届いていた。

「でかい家だなあ。どんだけ悪どく搾取したらこんな家を建てられるんだろうな？」

うっかり素直な感想を漏らしたら、門番に睨まれた。

「貴様ら、ここをどこだと心得る。用がないのならどこかへ行け！」

この門番はシュナに気がついていないようだ。

「笑えない冗談だな。当主の娘が訪ねてきてもこれか？」

「ここには数回しか来ていないもの」

シュナは門番に向き直った。その所作は高貴なお嬢様そのものだ。いつの間にやらしゃべり方までよそ行きになっていやがる。

「二女のシュナが訪ねてきたとパイエッタ子爵に伝えてください」

「シュナ……お嬢様？　失礼いたしましたぁああ！」

門番はすぐに守衛小屋にあった紐を引く。すると、屋敷の玄関が開き、中から二人の執事が現れた。

「シュナ様、よくぞお戻りくださいました」

執事たちの挨拶をシュナは冷ややかな態度で受け流した。

「お父様はご在宅かしら？」

「はい、シュナ様のご帰宅をお喜びになるでしょう。ところで、こちらの方は？」

「私の債務者よ」

「しつこいな、金は返すと言っているだろう？　俺は『パイエッタ家による被害者の会』の副会長だ」

シュナが首をかしげる。

「なにそれ？」

「パイエッタ家のせいでカフェ・ダガールのお客が減ったんだ。俺は被害者だろう？」

「たしかに。でも、なんで副会長？」

「会長はシュナだからだ」

「納得。そういうことよ。一緒に連れていくからお父様に会わせて」

「はあ……」

二人の執事は困惑していたが、話をこじらせない方がよいと判断したようだ。追い返されることなく俺もシュナと一緒に応接間へ通された。


応接間ではかなり待たされたし、やってきたパイエッタ夫妻の態度は最悪だった。

「ようやく戻ってきたか、シュナ。このまま神殿へ行くぞ！」

パイエッタ子爵の第一声はそれだった。子爵は中肉中背、小狡《こずる》そうな顔つき、押し出しの強い権力者タイプだった。自分の命令をシュナが否定するとは考えてもいないようである。

一方の夫人は影の薄そうな人だった。美人ではあるが夫の言うことにはなんでもしたがうタイプのようで、久しぶりに会うであろうシュナに声をかけることすらない。

聞かずにはいられなかった俺はシュナに直球を投げた。

「実の親なのか？」

「さあ……」

鳶《とんび》が鷹を生む、ということわざもあるが、あまりにも似ていないぞ。

俺とシュナが会話をすることでパイエッタ子爵はようやく俺の存在に気をとめた。

「この男はなんだ？」

「俺はあんたらの被害者だ。今日は話をつけに来た」

子爵は胡散臭そうに俺を見ている。

「シュナが滞在していたカフェの店主だな。まさかシュナに手を出してはいないだろうな？」

「手を出されたのはこっちだ。こいつに何発殴られたかわからん。被害届を出してもいいくらいだぞ」

真剣な俺の告発を子爵は無視した。そして執事たちに言いつける。

「この男をつまみ出せ」

うむ、かわいそうだが執事たちに俺がつまみ出せるわけもない。殴りつけるのもかわいそうなので、手の関節を軽く決めて動けないようにしてやる。

それを見て激高したのがパイエッタ子爵だ。

「衛兵を呼べ！」

焦った子爵の声を聞きつけて兵士たちが部屋になだれ込んできた。こちらは最初から剣を抜いてかかってきたので遠慮はやめにした。庶民は殺してもいいくらいの感覚で斬りつけてくるのだ。降りかかる火の粉は払わねばなるまい。

踏み込んで高速ビンタ、踏み込んで高速ビンタ、踏み込んで高速ビンタの繰り返しで十人の衛兵を撃退した。手加減はした。痛いだろうが後遺症は残らないだろう。

もののはずみでうっかりパイエッタ子爵にもビンタをかましてしまったが、これはご愛敬だ。

「痛い、痛い！　なにをする、私はパイエッタ子爵だぞ！」

「ごめん、勢いでつい。いきなり大勢で襲い掛かってくるそっちが悪いんだぞ」

子爵は涙をためながら頬を押えている。たぶん暴力を振るわれたのは生まれて初めてなのだろう。

夫人の方はソファーで気絶していた。貴婦人はすぐに気絶するという噂は聞いていたが、本当だったんだな。リアル気絶が見られてちょっとだけ感動した。

「貴様はシュナを奪いに来たのか？」

子爵が声を震わせながら訊いてくる。

「シュナが俺の助けなんて借りるもんか。俺はうちの店にかけられた不当な命令を撤回させに来ただけだ。てめえのせいで常連のじいさんたちが困っているんだよ！」

田舎では娯楽が少ないのだ。最近、迷宮でテーブルサッカーというゲームを回収した。じいさんたちは大喜びではまっていたのだ。

それなのにこいつのせいで遊べなくなっている。数少ない楽しみを取り上げられて、じいさんたちも迷惑しているのだ。

「わかった、命令は取り消す。神殿にもそう伝える」

「ふーん、じゃあ許してやるけど、一つ忘れてない？」

「か、金か？」

「ごめんなさい、だろ！　人に迷惑をかけたんだから謝りやがれ！」

子爵は口ごもりながらも謝った。

「ご、ごめんな……さい」

「……まあいいだろう」

俺がうなずくとシュナが前に出た。

「次は私の番ね。いいこと、二度と私にかかわらないで」

子爵は眉を吊り上げた。

「バカなことを言うな！　どうして聖女にならない。それがお前のためなのだぞ」

「私のためじゃなくてお父様のためでしょう？　私は絶対に嫌よ。これから先もこんなふうに他人に迷惑をかけるなら……」

シュナはためを作って父親を睨んだ。子爵の顔はどんどん青ざめていく。

「王宮に火をつけるわ」

「なにを言っているのだ！」

シュナの脅しに子爵の顔は土色になり、額から脂汗が滝のように流れている。あ、起き上がった夫人がまた気絶した。

「そうなれば、パイエッタ家は天下の謀反人《むほんにん》として処断されるわね。私は逃げるけど」

「シュナ、本気なのか？」

「ええ、本気よ。炎帝フドウのインペリアルファイヤーでなにもかも燃やし尽くしてやるわ！死人は出さないようにしてあげるけどね」

「今まで聖女になるために頑張ってきたではないか。聖女になることがお前の幸せなのだぞ。聖女にさえなれば欲しいものはなんだって手に入る。どうしてそれがわからん！」

親子喧嘩を見物するのもそろそろ飽きてきたなあ……。久しぶりの都だから俺はさっさと遊びに行きたい。

「あのさあ、シュナは才能豊かな女だぜ。欲しいものがあればなんだって自分の力で手に入れられるさ。どうしてそれがわかんねえかな？」

シュナがびっくりした顔で俺を見ている。

「ジンに……褒められた……」

「べ、べつに褒めたわけじゃないんだからねっ！」

なんで俺が照れなきゃならない。

「とにかくそういうことよ。私は私の力で望む未来を実現するわ。お父様はお金と権力が欲しいのでしょう？　だったらご自分で努力してください。私に頼らないで！」

子爵はなにも言い返せなかった。

これでようやく一連の騒動も終わりか、と思ったのだが、なにやら不穏な気配が扉の向こうからしてきた。ただ事じゃない殺気を感じるぞ。

シュナも気づいたようで応接間の扉をじっと見つめている。入ってきたのは甲冑を身に着けた十三人の騎士たちだった。

重苦しい闘気を纏った騎士が俺たちを見て口角を吊り上げた。不気味な笑い方をするおっさんだ。年の頃は五十……、いや四十代半ばくらいだろう。きっと老けて見える顔なのだ。頭髪はなくスキンヘッドに黒々とした口ひげを蓄えていた。

「久しいな、シュナ殿」

「クロード騎士団長、それに神聖重装十字騎士団の十二神将がおそろいですわね」

「シュナ殿がお帰りと聞いて、雁首そろえてごあいさつに参ったのですよ」

「どうせ父がお呼びしたのでしょう？」

何気ないやり取りだったが室内の緊張は一秒ごとに高まっていく感じだ。神聖重装十字騎士団の名は、神殿には縁のない俺でも知っているほど有名である。

総勢十三名ながら、神殿騎士団における精鋭中の精鋭であり、その力は一個大隊に匹敵するという噂まである。

「クロード殿、お話があるのなら単刀直入にお願いします。わたくしはこれでも忙しい身の上なので」

シュナは挑発するように顎をやや上にあげた。それに対するクロードはシュナの様子を探るように上目遣いだ。

「そうですな、経典にも『時は金なり、無駄にするなかれ』とありますからな。それでは率直に申し上げよう。シュナ殿にはこのまま神殿へお帰りいただきたい」

「お断りいたしますわ。もう聖女には興味がないのです」

取りつく島もなくシュナは即答だ。だが、そんなことはクロードもわかっていたのだろう。にやりと笑いながらこんな提案をしてきた。

「ならば、神聖重装十字騎士団に入られるのはいかがかな？　あなたなら次代の団長を任せられる」

ほほう、ヘッドハンティングときたか。シュナの実力を考えればじゅうぶんありうることだ。

「聖女になるよりはマシですが……、やはりお断りしますわ。興味がないですから」

「ふーむ、それは困りましたな」

クロードは腕を組んで首を左右に振る。

「それでは、ごめんあそばせ」

出ていこうとするシュナをクロードは呼び止めた。

「待たれよ。一つ我々と賭けをしませんかな？」

「賭けでございますか。ギャンブルにさほど惹かれませんが……」

「なに、たいした手間は取らせません。今から我らと仕合うというのはどうだろう？　神殿最強と噂されるシュナ殿です。どうということもありますまい？」

「決闘をお受けしたとして、わたくしにどういった得があるのでしょうか？」

クロードの瞳がぎらりと光った。シュナがその気になっているのを嗅ぎとっているのだろう。

これだから脳筋どもは……。

「シュナ殿が勝てば、今後は一切構いなし。神殿とも縁が切れるように神聖重装十字騎士団が確約する」

騎士団の神殿内における発言力は大きいのだろう。シュナも納得したようにうなずいた。

「わたくしが負けた場合はどうなりますか？」

「これまでどおり聖女になっていただくか、十三番目の神将になっていただくとしよう」

シュナは顎を指でつまんで考えるふりをしている。とぼけやがって、本当はこの勝負を受ける気まんまんだろうが。

「承知しましたわ。それでは十三対二の勝負をお受けしましょう」

十三対二？　今こいつ、『二』って言いやがったな！

「ちょっと待ったぁあ！　なんで俺が頭数に入っているんだよ？」

「アンタ、私に借りがあるじゃない」

「借りなんてないぞ！」

「八万三千六四〇ゲトの借金」

忘れていた！　俺は債務者でありシュナは債権者であった……。

「……しょうがねえなあ」

この程度のはした金で神聖重装十字騎士団とやり合う羽目になろうとは思わなかった。だが、借りは借りだ。きっちり耳をそろえて返すとしよう。

「これで貸し借りなしだからな」

「いいわ、そういうことにしておいてあげる」

参戦することが決まりクロードたちは俺に注目した。

「その佇《たたず》まい、ただ者ではないな。名を名乗られよ」

「ジン・アイバ」

俺の名を聞くと騎士たちは嬉しそうに甲冑を叩いた。

「これは、これは。このようなところで無影のジン殿にお会いできるとは思ってもみなかった。実にめでたい日じゃないか！　なあ、みんな？」

俺を無影のジンと知ってこの喜びよう、そうとう腕に覚えがあるのだろう。

「喜んでもらえて俺も嬉しいよ。俺にとっては人生で八番目くらいに不幸な日だがな」

クロードたちは慇懃に俺たちを促した。

「それではさっそく神殿の練兵場へ行きましょうぞ。あそこなら存分に暴れられますからな」

頭の中でドナドナが流れているぜ。前世のＢＧＭをまだ覚えているんだなあ。

屠畜場《とちくじょう》へ連れていかれる仔牛のように、俺たちは神殿の練兵場へと拉致されてしまった。


馬車で連れてこられた練兵場は城壁の外にあった。周辺に民家はなく、完全に孤立した施設である。練兵場の石壁には防御結界が張られているようだ。これならどれだけシュナが暴れても被害は出ないだろう。

「にしても、本当に十三対二で戦うんだな」

リーグ戦や二人一組のトーナメント戦でもなく、俺とシュナが十三人を同時に相手しないとならないらしい。

「我々も負けたくないのでな」

クロードはにやりと笑いながら大きなカイトシールドを構えた。クロードだけではなく十二神将ぜんいんが同じシールドを持っていた。それを見てシュナが大きなため息をつく。

「ミヒャイルの盾まで持ち出すとは、よほど負けたくないようね」

「ミヒャイルの盾ってなんだ？」

「筆頭天使ミヒャイルの加護が付与された神殿の秘宝よ。魔法攻撃を無効化する力があるわ」

魔法攻撃が得意なシュナを封殺するための策か。それにしてもやり方が汚い。

「あいつらに恨まれているのか？」

「たぶん上層部の意向よ。私に敗北の恐怖を植え付けて、自分たちにしたがわせる気なのね。たぶん極限まで痛めつけてくるつもりよ」

そうやって反抗する心を完全に折る作戦だな。神の僕《しもべ》がやることじゃねえな……。

「趣味が悪いねえ。なるほど。ということは……」

「そうね、本気を出していいわ。最初から全力でお願い」

「わかった。八万三千六〇〇ゲトの働きはしてやる」

「八万三千六四〇ゲトよ」

「細かいが、いいだろう」

俺とシュナは何気ない様子でクロードたちに向き合った。奴らまでの距離はおよそ五歩。踏み込めばじゅうぶん届く距離だ。すでに俺の準備もできている。

「見せてやろう、我らが神聖十字陣の力をな！」

クロードの顔が凶悪に歪んだが俺とシュナは同じポーズで肩をすくめてみせた。

「いや、お前らの力なんて見たくない」

敵が攻撃する前に戦闘を終わらせる、それが俺のモットーだ。抜刀の気配を察してクロードたちは身構えようとした。さすがだと褒めておこう。だが、俺の無影斬を止めるには遅すぎた。

ギンッ。

金属の切断される音が響いた。実は十三の音が響いたのだが、それは一つにしか聞こえなかった。俺の剣は音速を超える。たぶん……。

魔剣ヒュードルが鞘に収まると、ミヒャイルの盾はすべて真っ二つになっていた。

「なっ……」

クロードたちはその場に立ち尽くしているが、すべての力を出し尽くした俺もクタクタだ。その場に座り込んで後をシュナに託した。

「こんなもんでいいか？」

「そうね、これで貸し借りなしにしてあげる」

「じゃあ、あとは任せたぜ」

「ええ、そこでのんびり見物していなさい」

シュナの拳がクロードの顔面をとらえ、騎士団長が大きく後方に吹っ飛んだ。それからあとはめくるめく極大魔法の四重奏だった。地水火風の大魔法が惜しげもなく展開されて、神聖重装十字騎士団に襲い掛かかる。死者が一人も出なかったのが奇跡だよ。

いや、出かけたんだけどシュナが蘇生魔法で強引に生き返らせていた。しかもそのあとさら

に魔法の餌食にしていた。

騎士たちが哀れになってきたけど、これだけやっておけば二度とシュナに手を出そうとは考えないだろう。


ボロボロになって倒れている神聖重装十字騎士団の前に立ち、シュナは彼らを見下ろした。

「もう満足かしら？」

「……うむ」

答える気力も残っていないだろうが、クロードはなんとか返事をした。

「そういうことならいいでしょう」

シュナは騎士たちに回復魔法を施していく。あれだけ極大魔法を使っていたのにまだ余裕があるようだ。さすがは化け物である。

シュナはこちらを向いてうなずく。

「それじゃあ行きましょうか、ジン」

「ああ、せっかくの都だ。いろいろと研究したいからな」

俺たちは都のカフェを巡る予定である。メニュー、インテリア、エクステリアと学ぶべきことは多い。行きたい店もたくさんあった。

だが、息も絶え絶えのクロードが質問してくる。

「シュナ殿、神殿と縁を切ることはわかった。だが、これからどうされる？」

「辺境で治癒師でもして暮らしますわ。それから料理でも覚えようかしら」

「ご結婚をお考えか？」

シュナはげんなりした顔になった。

「やめてください。ただ、カフェの経営に協力しようと思っているだけですわ」

やめてくださいは俺のセリフだ。まさか、自分の作った料理を客に出すつもりか？　蘇生魔法があっても、許されることと許されないことがあるんだぞ！

俺の気持ちをよそにシュナはクロードに笑いかける。

「カフェ・ダガールという店ですわ。クロード殿もぜひいらしてください。わたくしの料理をごちそうしますので」

俺は口パクで騎士たちに伝える。

ヤメテオケ、シヌゾ
察するところがあったのだろう、騎士たちはウンウンウンと三回もうなずいていた。

しがらみからの解放感を噛みしめながら俺とシュナはダガールまで戻ってきた。熱く乾いた砂漠の風を切ってヒュードルは進む。長かった旅の終着点はもうすぐそこだ。ほら、街道の向こうにカフェ・ダガールが見えてきた。

塗装のはげかけた建物がやけに懐かしく感じたが、俺はヒュードルのスピードを落とした。この旅が終わってしまうことに一抹の寂しさを感じたからだ。

「ようやく戻ってこられたな」

「そうね、これでやっと自分の部屋で落ち着けるわ」

自分の部屋か……。奥の三号室はすっかりシュナのもののようだ。だが、俺は最後にもう一度だけ念を押す。

「本当に戻ってきてよかったのか？」

俺の背中に触れているシュナの手に少しだけ力がこもった。

「追い出したいの？」

「いや、確認したかっただけさ」

「三号室は私の部屋よ」

「そうだな、だったらそれでいいさ」

ヒュードルはカフェ・ダガールの正面で停止した。

俺たちは剣から降りて向き合う。

「ジン、ありがとう」

「いいさ、楽しかった」

はにかむシュナの顔は砂漠の太陽よりもまぶしかった。

「さて、中に入ってなにか飲むとしようぜ」

「アイスティーが飲みたい。アップルフレーバーにして、お砂糖を少し。氷はたっぷりで」

「おう、任せておけ」

扉に鍵はかかっていなかった。それはそうだ、俺は鍵をかけずに飛び出したのだから。そして店の中ではダルダルさんがご飯を食べている最中だった。

「おや、おかえりなさい」

びっくりした。あとは任せると言って飛び出したけど、まさかまだダルダルさんがいるとは思わなかったのだ。

「ずっといてくれたの？」

「ええ、ちょうどバカンス中でしたので。ここを拠点に砂漠を探検していました」

「宇宙船は？」

「騒ぎになるとまずいので砂に擬態させています」

さすがは宇宙のテクノロジーだ。ダルダルさんは微笑みながらうなずく。

「シュナさんが戻ってこられてよかったですね。神殿との抗争になったら船で突撃しようかと準備していたんですよ。あの船は軍の放出品だからメガ粒子砲がついているんです」

ダルダルさんにすべて任せた方が早かったか？

「メガ粒子砲ってなに？」

「シュナの魔法よりすごいぞ、たぶん」

条件によっては、この中で最強なのはダルダルさんかもしれない。

「とにかくアイスティーを淹れるよ。どうせまだ客はないだろうからダルダルさんものんびりしてくれ」

うちの店に来るなという命令は解除されたが、人々に浸透するのには時間がかかるだろう。そう考えていたのだが、勢いよくドアを開けて入ってきた者がいた。さっそくお客さんが戻ってきたのだろうか？

「いらっしゃい、って、ドガじゃねえか。久しぶりだな」

ドガは俺を見て泣きそうな顔になっている。再会の喜びに打ち震えている？　いや、こいつはそんなたまじゃない。

「どうした、お前らしくもない」

「すまないが、しばらくかくまってくれないか？」

なにかの冗談かと思ったけど、ドガの表情は切羽詰まっており、カフェ・ダガールに新たな厄介ごとが持ち込まれたのは明らかだった。

「まあ、座れよ。今からアイスティーを淹れるんだ。ドガも飲むといい」

「なにがあったか話してみなさい。聞くだけ聞いてあげるから」

「相応の対価をいただければ、居住可能な惑星への密航も請け負っていますよ」

なんだか楽しくなってきたな。よし、カフェ・ダガールは本日も開店といこうか！
俺はドアに『オープン』の札をひっかけた。

あとがき

『カフェ・ダガール』を最後までお読みくださった皆様にお礼を申し上げます。ありがとうございました。また、この本を出版・販売するに当たり、ご尽力いただいたすべての方々に感謝の意をここに表します。

今作は砂漠を舞台とした物語でした。正確に言えば砂漠のほとりでしたが。僕は砂漠が好きです。物語の舞台として用いるのが大好きなのです。砂漠に限らず、極地というのはエピソードに困りません。

同じスターツ出版から発売されている『覚醒したら世界最強の魔導錬成師でした』というライトノベルも砂漠を舞台としております。よろしければ、どうぞこの機会にお買い求めください！（コミカライズもされていますよ）

一度でいいから砂漠へ行ってみたいのですが、いまだに願いはかなっていません。サハラ、ゴビ、パタゴニア、カラハリ、いつかは行ってみたいものですね。

僕の物語の原点は『西遊記』なので、行くのならやはりゴビ砂漠でしょうか。シルクロードには強い思い入れがあります。

いや、待てよ。考えてみれば『アラビアンナイト』にも多大なる影響を受けているぞ。エキゾチックなアラビア砂漠も憧れるなあ。

いやいや、砂漠とカフェというイメージを与えてくれた映画『バグダッド・カフェ』の舞台であるモハーヴェ砂漠も見てみたい。

あれこれ迷っているうちにこの年になってしまいました。なるべく早いうちに見ておきたいものです。そして、その経験を生かして物語を書ければと考えております。

いつかまた、どこかの物語でお会いしましょう。それまでお元気で。

長野文三郎《ながのぶんざぶろう》

引退したＳランク冒険者は
辺境でダンジョン飯を作ることにした
～カフェ・ダガール、本日開店～

2024年5月24日　初版第１刷発行

著　者　長野文三郎

発行人　菊地修一

発行所　スターツ出版株式会社

〒104-0031　東京都中央区京橋1-3-1　八重洲口大栄ビル７F
TEL　03-6202-0386　(出版マーケティンググループ)
TEL　050-5538-5679（書店様向けご注文専用ダイヤル)
URL　https://starts-pub.jp/

印刷所　大日本印刷株式会社

ISBN　978-4-8137-9333-5　C0093　Printed in Japan

［長野文三郎先生へのファンレター宛先］
〒104-0031　東京都中央区京橋1-3-1　八重洲口大栄ビル７F
スターツ出版（株）　書籍編集部気付　長野文三郎先生